KB024799

혼자라는 가족

혼자라는 가족

김보리 지음

차례

지극히 평범하고, 이토록 사적인 혼자

인간은 누구나 가족의 구성원으로 살아갑니다. 의지와는 상관없이 태어나는 순간, 누군가의 가족이 되어 있습니다. 그러나 성인이 된 이후의 가족은 선택 사항이 됩니다. 결혼해서 새로운 가족을 형성하는 것은 오롯이 자신의 몫입니다.

저는 혼자 삽니다. 아마 앞으로도 쭉 그럴 것 같습니다. 혼자 사는 중년 여성을 사람들이 어떤 모습으로 떠올리는지 궁금합니다. 어쩌면 너무 뻔할 수도 있겠다 싶습니다.

혼자 사는 사람이 많아진 세상입니다. 혼자 산다는 셀럽들이 나오는 예능 프로그램은 인기가 많다고 합니다. 그들의 하루는 이상적입니다. 열정적이고 도전적이며 화려합니다. 그들이 그들만의 공간에서 음미하는 고독감마저도 가끔은 매력적으로 보입니다. 그래서 어떤 이들은 혼자 사는 삶을 동경한다고도 합니다. 가족이라는 관계의 노동에서 벗어나, 누구에게도 더 이상 휘둘리지 않고, 자신만의 공간에서 자신만을 온전히 느끼며 살고 싶다고 합니다.

하지만 현실에서 혼자 사는 일상은 이상과는 많이 다릅니다. 혼자 산다고 집단적이고 사회적인 관계를 맺지 않는 건 아닙니다. 관계의 노동에서 완전히 자유로울 수는 없다는 말입니다. 단지 집에서만 혼자 살아갈 뿐이죠. 또 혼자 산다고 자신만을 위한 일들로 하루를 채울 수는 없습니다. 해야 할 일이 때로는 더 많아지며, 하고 싶은 일들도 하기 쉽지 않습니다. 그래서 혼자 있고 싶다고 간절하게 부르짖던 사람도 막상 혼자가 되면 무얼 해야 할지 잘 모른 채 그저 시간만 흘려보내기 일쑤죠.

우리 사회에 1인 가구가 많아졌지만, 상당수는 사회생활을 시작하며 자취 형태의 주거를 선택한 젊은 층입니다. 생애 주기로 보면 결혼하기 전까지 혼자 사는 일시적 1인 가구입니다. 그래서 1인 가구는 일반적으로 가족이라는 말을 사용하지 않습니다.

하지만 온전히 스스로 살아가기를 선택한 사람들도 있습니다. 자신의 의지로 혹은 어쩔 수 없는 상황에서 말입니다. 결혼을 못 해서, 가족과 문제가 있어서, 아니면 남들보다 부족해서 혼자 사는 것이 아닙니다. 오히려 누구보다도 열정적으로 스스로의 삶을 결정하고 책임지며 사는 사람들입니다. 혼자 살아간다는 것은 자신만을 온전하게 들여다보는 일입니다. 내 삶의 대부분은 나 혼자 감당하고, 책임지며, 생산하고 소비하게 됩니다. SNS 노출이 활발한 세상일지라도 공유하거나 보여주기 위한 것이 아닙니다.

편안함도 있지만 고독도 있습니다. 안정감도 있지만 불편함도 있습니다. 자신과 끊임없이 대화하고, 자신이라는 유일한 동반자를 받아들여야 합니다. 그래서 어떤 의미로는 가족을 구성해 살아가는 것과 별반 다르지 않습니다. 스스로를 돌보며 살아가는 '혼자라는 가족'을 이루어 사는 거죠.

그런데 말이죠, 우리는 가끔 그런 말을 합니다. '인생 뭐 있어? 인간은 누구나 혼자야!'라는 말. 엄마나 아빠로서, 언니나 동생으로서가 아닌 그저 유일한 '나'라는 존재로서 말입니다. 그런 의미로 혼자 산다는 것은 특별한 일이 아닐 수도 있습니다. 혼자 사는 일상은 누구에게나 있을 법한 지극히 평범한 모습이며 사적이지만 그렇기 때문에 아주 보편적인 이야기가 될 수도 있을 겁니다.

그래서 지금부터 시작할 저의 지극히 평범하고 사적인 혼자 사는 이야기가 서로 다른 형태의 가족을 이루면서 다양한 모습으로 살아가고 있을 많은 이들의 마음에 닿을 수 있다면 좋겠습니다.

2023년 아주 평범한 어느 날 밤,
혼자만의 집에서
김보리

1부
처음, 혼자

혼자라는 말

'혼자'의 사전적 의미는 '다른 사람과 어울리거나 함께 있지 아니하고 그 사람 한 명만 있는 상태'를 말한다. 인간관계를 피해 멀찌감치 떨어져 있는 사람이 떠오른다. 조금 쓸쓸해 보이기도 한다. 그러나 아무렴 어떠랴. 혼자가 좋은 사람들도 있다.

혼자 있다는 것은 나만을 사랑한다는 의미가 아니다. 혼자이기에 스스로를 온전히 돌아보고, 성찰하며, 격려하고 위로할 수도 있다. 또 단순히 공간적으로 타인과 떨어져 있는 것을 의미하지도 않는다. 혼자 살아도 부모, 형제, 친구, 이웃과 떨어져 고립되는 것이 아니다. 다만 관습적인 관계의 얽매임에서 벗어나 더 자유롭고 넓게 그 관계를 유지하고 이해하려는 삶의 방식으로 볼 수 있다.

사람은 태어나면서부터 가족을 가지게 된다. 그것은 축복이자 때로는 굴레가 된다. 가난하건 부자이건 상관없이 혈연관계로 맺어진 공동체 안에서는 의무, 책임, 도리, 신뢰 등의 단어가 꼬리표처럼 따라온다. 부모니까, 자식이니까, 형제니까, 라는 말들로 순응과 수용을 강요하기도 한다.

어머니가 무릎 수술을 받을 때였다. 어머니의 병간호는 내가 맡았었다. 마침 우리 가족이 잔치례를 겪던 시기였다. 형부는 10년 동안 해오던 식당을 정리했고, 그곳에서 일하던 남동생도 실업자가 되었다. 설상가상으로 나 역시 함께 작업해 오던 단체와 결별했다. 나는 아르바이트를 전전하고 있었다. 그즈음 어머니는 혼자 수술을 결정했고 우리는 통보만 받았다. 뭐 대단한 일을 한다고 어머니 혼자 병원에 가게 했을까 싶었다. 수술을 위해 어머니는 7인 병실에 입원했다. 좁은 방의 양쪽으로 침대 3개와 4개가 나란히 놓여 있었다. 간이침대까지 펼치면 보호자가 움직일 수 있는 공간은 없었다. 마치 도떼기시장 같았다. 간병인과 보호자, 환자, 그리고 찾아오는 방문객들로 병실은 늘 수선스러웠다.

설상가상으로 어머니는 수술 후 진통제 없이는 잠을 자지 못했다. 수술 후 투여되는 항생제에 밥도 제대로 넘기지 못했다. 날카로워질 대로 날카로워져 옆 침대에서 말소리가 커지면 칸막이로 사용되는 커튼을 신경질적으로 쳤다. 그러곤 몸을 모로 누워 눈을 감아버렸다.

나는 이러지도 저러지도 못한 채 간이침대에 어정쩡하게 앉아 시간이 가기만을 기다렸다.

이 주일 정도로 예상했던 병원 생활은 한 달을 훌쩍 넘겼다. 워낙 어머니가 고령이기도 했고 이 주가 지나서야 겨우 밥을 제대로 먹을 수 있었기 때문이다. 삼 주차가 되어갈 무렵부터 나는 저녁에 집으로 퇴근하고, 아침 식사가 나오기 전에 병원으로 출근하는 생활을 했다.

그 무렵 서울에서 인천으로 가는 지하철에서였다. 한 무리의 사람들이 저마다의 사연을 안고 우르르 탔다. 그 중 한 가족이 눈에 들어왔다. 아들은 엄마 옆에, 딸은 아빠 옆에 앉았다. 어디를 놀러 갔다가 집에 돌아가는 중인 것 같았다. 아빠와 딸은 눈을 맞추며 웃었고, 엄마와 아들은 어깨를 맞대고 미소 지었다. 지하철이 출발하고 10여 분 정도 지났을까. 딸은 아빠의 어깨와 팔 중간 어디쯤에 기대어 졸기 시작했다. 그런 딸을 바라보며 아빠는 고개를 받쳐주었다. 아들도 잠시 후 꾸벅꾸벅 졸았고 엄마는 한 팔로 아들의 어깨를 안아주었다. 그사이 엄마와 아빠는 서로를 마주 보며 입가에 미소를 머금었다.

그 모습을 바라보던 내 눈가에 눈물이 고여서 흠칫 놀랐다. 저 소녀 나이 때 나는 어떤 마음으로 부모님과 소풍을 다녔을까, 그리고 지금 내 가족은 어떤 모습일까, 하는 고뇌가 넘쳤던 까닭이다. 나는 어머니의 병원에서 밤을 새우고 집으로 돌아가는 길이었다.

한 달 만에 퇴원한 어머니는 다시 집에 적응할 시간이 필요했다. 추위를 타지 않았던 어머니는 집이 춥다며 보일러를 빵빵하게 돌렸다. 난방비를 걱정해 저녁에만 잠시 켜두었던 어머니였다. 밥도 안 넘어간다며 밥공기 언저리를 배회하다가 이내 수저를 놓았다. 그렇게 일주일이 더 지나고 나서야 어머니는 본래 자신의 생활 리듬에 적응해 갔다.

그리고 두 달 뒤 나는 직장을 찾아 세 시간 거리의 시골로 혼자 이사했다.

나에게 가족은 언젠가는 떠나고 싶은 곳이었다. 다시 돌아가더라도 한 곳에 복작거리며 사는 것만큼은 피하고 싶었다. 그런 경험은 어릴 적 기억만으로도 충분했다. 반드시 모여 살지 않아도 서로의 안위를 살피고, 각자의 영역을 인정해 주며, 다툼과 화해, 오해와 이해 사이를 반복하지 않으며 살아가는 관계가 되기를 바랐다.

그리고 지금, 그렇게 되어가고 있음에 감사한다.

어쩌다 비혼

대학 동기가 스님이 되었다는 말을 전해 듣고 절을 찾아간 적이 있다. 차를 한 잔 앞에 두고 마주 앉은 스님의 눈빛은 차가울 만큼 투명했다. 왜 스님이 되었는지 묻지 않았다. 은은한 녹차 향에 스며들듯 스님과의 대화는 잔잔했다. 스님은 나를 그윽하게 바라보며 이런 말을 건넸다.

"나이 들면 옆에서 잡아주는 사람이 있는 게 최고야."

가끔 '아직도 혼자야?'라는 말을 들을 때가 있다. 오랜만에 전화 통화를 하거나 만나는 지인들과의 대화는 늘 이렇게 시작한다. 그러면 나는 그럼, 하며 짐짓 아무렇지 않게 대꾸하곤 한다. 그러나 그게 뭐 어때서, 라는 다소 심술궂은 마음이 드는 것도 사실이다.

우리 사회에서 늦게까지 결혼하지 않은 사람에게는 남자건 여자건 '왜?'라는 의문 부호가 꼬리표처럼 따라붙는다. 뭔가 심리적으로 문제가 있는 사람인가, 경제적으로 어려운 일이 있나, 신체적 결함이 있나 등 온갖 의구심을 품는다. 당연히 인간은 사회적 동물이니 사회적 통념에서 벗어날 수는 없다. 태어나 정해진 의무교

육을 받고, 취업하고, 적당한 나이에 결혼해서 가족을 꾸리고, 자녀를 키우고 양육하는 일. 이 모든 과정이 사회적 인간으로서 마땅히 해야 할 일이라고 배우며 살아왔다.

물론 나도 작정하고 결혼하지 않은 것은 아니다. 고백하자면 연애를 몇 번 하기는 했다. 그러나 사귀는 일은 늘 신통찮았고 연애의 즐거움을 채 느껴보기도 전에 이별했다. 이십 대에 첫사랑이 찾아왔지만, 가난한 지갑 사정으로 같이 밥 먹고, 영화 보고, 여행 가는 평범한 연애는 하지 못했다. 자주 만나지도 못했고, 그 친구가 어쩌다 전하는 소식에 안쓰러운 마음만 생겼다. 그러는 사이 시간은 흘러갔고 자연스럽게 멀어졌다. 그리고 몇 년 뒤 그 친구의 결혼 소식을 듣는 것으로 관계는 싱겁게 끝이 났다.

어쩌면 사랑이라는 감정보다 어떻게 살아야 하는지에 대한 문제가 더 무겁게 다가왔던 시기였다. 그리고 시간이 조금 더 지나 깨닫게 되었다. 육체를 섞는다고 해서, 서로의 마음까지 포개어지는 것은 아니라는 것을 말이다. 그 후로도 몇 번의 연애를 했지만, 이 사람과 남은 일생을 함께해 보자는 마음은 들지 않았다. 자연스럽게 연애와 결혼이라는 제도에서 점점 멀어졌고, 어쩌다 비혼자가 되었다.

나처럼 비혼으로 살아가는 가까운 후배가 있다. 사십 대 후반인 그녀는 삼십 대부터 비혼을 택했다. 자유로운 연애는 좋지만 가족을 꾸리는 것은 자신 없다는 이유였다. 그녀는 자신이 떠나고 싶을 때 배낭 하나 들고 훌쩍 여행을 가고, 음악을 좋아해 인디밴드에서 베이스기타를 친다. 그러나 프로가 되기보다 아마추어에 머물기를 원한다. 조만간 밴드에서 탈퇴할지도 모른다고 한다. 타고난 역마살로 휴일과 연휴에는 각 지방에 흩어져 있는 지인들을 만나러 다닌다. 말 그대로 화려한 비혼 생활자인 후배는, 나에게 종종 든든한 생활 동반자가 되어 준다.

이 후배 정도는 아닐지라도, 비혼으로 살기 위해서는 반드시 갖추어야 할 조건이 있다. 나이가 들어도 말 그대로 혼자가 되지는 않아야 한다는 것이다. 말동무가 되어줄 친구나 이웃이 한둘은 있어야 적어도 독거사(!)라도 예방할 수 있다.

아버지가 돌아가시고 어머니가 우리 남매에게 한 첫마디는 이랬다.

"이제 나 혼자니 잘해라."

그 말을 듣는 순간 몸이 쭈뼛해졌다. 어떻게 해야 잘하는 것일까, 혼자 남은 어머니를 외롭지 않게 해 드리면 되는 건가, 이런저런 생각이 머릿속을 맴돌았다. 한 사람의 죽음 뒤에는 정리해야 할 것들이 있다. 주민등록증을 말소하고, 사망 등록을 하고, 유품을 정리해야 했다. 아버지 명의의 부동산이나 예금은 없었기에 재산 정리 과정은 어렵지 않았다.

그 일을 처리하는 동안 나는 여러 차례 집에 들러 어머니를 도왔다. 그런데 하루걸러 방문한 집은 계속 조금씩 달라졌다. 방충망을 새로 달았고, 어두침침했던 집안 분위기가 미세하게 화사해졌다. 어머니는 당신이 편한 시간에 일어나 식사를 하셨고, 자유롭게 동네를 다니며 사람들을 만났다. 아버지 작고 후 한 달도 안 되는 동안 어머니는 자신만의 삶을 살아가는 것 같았다.

그리고 딱 10년이 지났다. 이제 어머니는 지팡이 없

이는 외출이 어렵고, 1미터를 걷다가 10분 쉬어야 한다. 뜬금없이 전화해서 표고버섯은 어떻게 먹으면 맛있느냐고 묻고, 카레를 했는데 일주일째 먹고 있다고 한다. 마늘 한 접을 싸게 팔던데 어떻게 들고 올지 걱정이 되어서 살지 말지를 고민하고 있다는 말도 한다. 결혼하지 않은 딸이 오면 뭐 맛있는 거 해줄까 고민하다가, 나이 들어 입맛이 변해버린 자신을 탓하기도 하고, 허리와 무릎이 아파서 나들이 한 번 나가지도 못하게 만든 세월을 원망하면서, 텔레비전을 보는 것만이 유일한 낙이 되었다.

　　어느 날이었다. 일요일 오전 9시, 커피 한 잔을 마시며 창밖을 바라보다가 어머니 생각이 나서 전화를 했다.

　　"식사하셨어요?"

　　"아니, 아직. 지금 일어났어."

　　"늦었네?"

　　"일찍 일어나봤자 밥 먹는 거밖에 할 일도 없는데 뭐."

　　나는 대꾸할 말을 찾지 못해 머뭇거렸다.

　　비혼자라고 다르지는 않을 것이다. 사실 다가올 나의

노년을 생각하면 어머니의 모습이 자꾸만 겹친다. 물론 자식이 없고 남편이 없으니 그저 나 혼자만을 책임지고 선택하면 되지만.

지금까지 언니들은 내게 '넌 결혼 안 하니'라는 진부한 질문을 단 한 번도 하지 않았다. 어머니도 그저 간간이 '네 운세에 남자가 있다고 하던데'라고 얼버무렸다. 이제는 그런 말조차 하지 않는다. 가까운 일가친척도 없어 명절 스트레스도 겪지 않았다. 이런저런 상황들이 나의 비혼 생활을 더욱 안정되고 견고하게 만들어 갔는지도 모르겠다.

칠첩반상은 아니지만

짜장면을 먹을까, 짬뽕을 먹을까. 양념치킨을 먹을까, 프라이드치킨을 먹을까. 먹기 위해 살까, 살기 위해 먹을까. 나는 살기 위해 먹는다. 술을 마신 다음 날에는 속을 풀어줄 얼큰한 짬뽕을 먹고, 현장에서 작업할 때는 뜨거운 햇살을 피해 그늘에 앉아 배달된 짜장면을 먹었다. 퍽퍽한 프라이드치킨은 누가 시켜주면 먹고 매콤달콤한 양념 맛에 양념치킨을 먹었다. 지금은 이 모두를 안 먹는다.

첫 자취생활을 시작하면서 룸메이트인 동기와 얼굴을 맞대고 앉아 석유풍로에 밥과 국을 끓여 먹었다. 반찬이라야 콩나물이나 어묵볶음, 달걀프라이 정도였다. 동기는 때가 되면 김치를 담갔다. 나도 도왔다. 집에서 김장을 하는 날이면 잔심부름 정도는 했지만, 직접 담그는 건 처음이었다. 동기를 따라 배추를 절이고 속을 만들어 버무리는 그 노동의 과정이 신선하게 느껴졌다. 다음에는 오이소박이도 만들어 먹었다. 아삭아삭한 식감의 오이소박이 하나면 여름 반찬은 충분했다. 냉장고가 없으니 그때마다 먹을 정도만 조리해서 먹었다. 그래도 부족하다고 느낀 적은 없었다.

　가끔은 학생회관에서 라면을 사 먹었다. 학생회관 라면은 당시 학생들의 가난한 주머니 사정을 고려한 인기 메뉴였다. 똑같은 양은 냄비 100개 정도가 화구에 일렬로 늘어서 팔팔 끓고 있는 모습은 그야말로 장관이었다. 내 라면이 나오기를 기다리며 주방 너머로 김이 모락모락 올라오는 모습을 넋 놓고 구경하기도 했다. 부엌 바닥에 엉거주춤 웅크리고 앉아 끓여 먹는 라면과는 다른 맛이었다. 밖에서 사 먹는 라면이 더 맛있는 이유가 화력에 있다는 건 나중에 알았다.

　혼자 살면서 먹는 밥이 집밥에 가까워진 것은 사십 대부터다. 처음 룸메이트 없이 혼자 자취할 때는 라면이 주식이었다. 콩나물이나 생선, 혹은 두부 등으로 밥상을 차리는 일은 누군가 집을 방문하는 날이 아니면 좀처럼 하기 힘들었다. 그런 생활이 이어지다가 어쩌다 부모님 댁에 가는 날은 허겁지겁 밥을 먹어 치웠다. 혹시라도 밖에서 밥도 못 먹고 다닌다고 할까 봐 밥상에 눈치 한 대접을 올려놓고 먹었다.

그러던 어느 날, 마치 신고식을 치르는 것처럼 온몸에 통증이 몰려왔다. 병원에 다니며 이런저런 검사를 해 봤지만 모르겠다는 말뿐이었다. 나는 '스트레스가 원인이다'라고 나름대로 결론을 내렸다. 내가 선택할 수 있는 건 먹을거리를 바꾸는 일 외에는 달리 없었다.

먼저 자취방에 있는 가공식품을 버렸다. 그 대신 브로콜리나 당근 등의 채소를 찌거나 삶아서 먹었다. 최소한의 밥상을 차려 나의 몸을 채우고, 내 몸이 나에게 거는 말들에 집중했다. 그렇게 6개월을 지내자 통증이 조금씩 사라졌다. 내가 먹는 음식이 곧 나를 만든다는 것을 알게 해 준 경험이었다.

자취의 개념에서 살림의 개념으로 변하게 된 것도 그즈음이다. 김장을 직접 하게 되면서 김치냉장고가 필요해졌고, 제대로 밥상을 차려 먹기 위해 식탁과 의자를 샀으며, 궁중팬과 프라이팬을 구분해 사용하기 시작했다. 달랑 도마, 칼, 냄비 하나로 시작했던 자취 생활용품이 가정집 살림살이로 변하게 된 것이다. 먹는다는 일하나로 짐이 조금씩 늘어났다.

몸이 한참 아팠던 시기, 결혼해서 강화로 이사를 간 선배 언니를 만났다. 강화는 지리적으로 인천과 가깝지만, 전형적인 시골이었다. 선배는 집 앞마당에 이런저런 채소를 심고 가꾸며 살고 있었다. 텃밭에서 방금 뜯은 상추와 큼지막한 고추가 삼겹살과 함께 차려졌다. 촉촉한 물방울을 머금은 상추와 고추는 달았다. 그렇다고 전원생활을 꿈꾸지는 않았다. 그러나 선배의 말 한마디만큼은 오래도록 마음에 남았다.

"이 땅이 깃들 만한 땅인 거 같니?"

오랫동안 그 질문에 답하지 못했다. 난 늘 어딘가를 헤매고 다녔고, 어느 곳에도 정착하지 못했다. 그러나 보드랍고 촉촉함이 느껴지는 흙을 만지는 일만큼은 매력적으로 느껴졌다. 아스팔트 위에서 태어나 성장한 내가 흙을 만지며 느꼈던 감정은 안정감과 위로였다. 굳이 어딘가에 정착하지 않아도 이 땅 위에 발붙이고 살고 있다는 안정감과, 자본주의 사회에서 나의 정직한 노동으로 나의 먹을거리를 해결할 수 있다는 위로가 그것이었다.

시골에서의 삶을 시작한 순간부터 텃밭에 이런저런 작물을 심는 일이 일상화되었다. 텃밭에 콩을 심고 처음 싹이 올라와 콩 머리가 나 있소, 라고 봉긋 솟아오를 때, 쑥갓이 그 생명을 다하고 꽃봉오리를 맺을 때 저절로 감탄의 소리가 나온다. 농사를 지은 지 30년이 넘은 농부는 아직도 작물이 처음 땅에서 솟아오를 때의 그 벅찬 감정을 느끼기 위해 농사를 짓는다고 한다. 어쩌면 먹는다는 일은 그저 맛있는 것을 선택하는 것이 아니라, 맛있는 것을 먹기 위한 일련의 과정을 내 노동의 기쁨으로써 느낄 때 비로소 완성되는 것이 아닐까 한다.

　비록 칠첩반상으로 차려내는 밥상은 아니지만 '오늘은 뭐 먹지'가 아닌 '오늘도 감사히 잘 먹었습니다' 하고 말할 수 있는 하루를 보낸다.

숨어 있는 집

어질러놓는 나이가 있고 치우는 나이가 있다. 이십 대에는 삶이 어지럽고 주변 정리도 잘 안 된다. 사십 대 정도가 되면 자신이 정해놓은 규칙에 의해 사물이 리듬 있고 질서 있게 배열되며 번잡스러운 관계는 만들지 않는다. 별다르지 않더라도 자신에게만은 철저하게 심혈을 기울여 만든 규칙이 생긴다. 집이 그렇다.

지금 살고 있는 집은 전셋집이다. 아주 운 좋게 단독주택을 구할 수 있었고 주인은 서울에 거주하고 있어 간섭받을 일도 없다. 이전에 서너 가구의 세입자가 거쳐 갔는데 모두 2년이라는 기간을 채우지 못하고 나갔다. 겨울을 나고서야 집이 너무 춥다는 것을 알았다.

다소 번화하다고 할 수 있는 읍내에서 샛길로 접어들면 다섯 가구가 거주하는 아담한 터에 집이 있다. 전형적인 90년대식 빨간 벽돌 농가주택이다. 대문을 열고 들어가면 보일러실 겸 창고가 마당에 있고 오래된 은행나무가 있다. 가을이면 나무는 노란색으로 불타오른다. 은행 냄새는 덤이다. 집 내부는 넓은 거실과 방 2개, 화장실이 있다. 이사한 날 기존 세입자의 짐이 모두 빠지고 빈약한 내 짐을 풀어놓으니 말소리가 웅웅 울렸다. 방문 손잡이는 언제 적 인테리어 소품인지 모를 옥색 동그란 손잡이가 달려 있고, 화장실과 부엌 벽면은 오래된 하늘색 타일로 도배되어 있었으며, 아직도 형광등이 덜렁거리며 달려 있었다. 이전 세입자들이 거의 손을 대지 않고 살았던 것이다. 난감했지만 이 정도면 나쁘지 않았다. 나의 노동과 수고로 내가 살아갈 집에 온기를 불어넣어 주면 된다.

지금까지 혼자 살면서 거의 20여 집을 거쳐왔다. 우리 가족은 여섯 식구로 어릴 적 난 늘 언니들과 함께 방을 썼다. 부모님이 노력해서 자가로 집을 장만하기 전까지 세를 살았던 방 두 개인 집에서는 늘 문제가 발생했다. 여자 형제 세 명에 남자가 한 명이라는 것이 문제였다. 남동생이 어릴 때는 부모님과 함께 방을 썼지만, 뺨에 여드름이 날 무렵부터 방 하나쯤은 내주어야 했다. 작은 방 하나에 여자 셋이 복닥거리며 생활하는 것은 당연히 전쟁과도 같았다. 사이좋게 이불을 나눠 덮는 것을 상상하면 안 된다. 좁다, 저리 가라, 내 옷인데 왜 네가 입냐,

머리카락 떨어진 것 주워라 등 하루에도 수십 번 언성을 높이게 되는 것이 현실이었다.

그 현실에서 벗어나 비록 방 한 칸이지만 혼자 뒹굴뒹굴할 수 있다는 것은 그야말로 축복이었다. 월세를 전전했지만 지금처럼 영끌해서 집 장만을 목표로 하는 시대는 아니었다. 그 대신 내가 사는 주변 환경과 평범한 이웃들에 대한 호기심을 가졌고 사회적 의미에 대해 고민하는 시기였다. 화려한 옷이나 음식에 대한 욕심도 없었다. 김치나 라면 정도면 먹고살 만했고, 내 한 몸 누울 수 있는 방 한 칸이 있음에 감사했다.

삼십 대 후반이 되어서야 나는 전셋집을 얻어 생활하기 시작했다. 그래도 역시 원룸이었다. 대부분 5평에서 크면 9평 정도의 공간에 방과 거실, 부엌이 하나로 연결되는 구조로 되어 있고 움직일 수 있는 동선은 거의 없다. 그래서인지 집은 아침에 눈뜨면 밖으로 나가고, 어두워지면 돌아와 잠자는 숙소에 불과했다. 나만의 공간으로 꾸미고 가꿔나가는 일 같은 것은 기대할 수 없었다. 그 작은 공간에서 나는 심리적으로 위축되었다. 공간이 나를 붙들어 매고 있어 지배받는 느낌이랄까. 그럼에도 경제적 사정으로 인해 계속 원룸을 구할 수밖에 없었다. 그렇게 셋집을 전전하면서 사람이 살아가는 데 주거의 조건이 얼마나 중요한 건지도 조금씩 알아갔다.

집은 떠나는 곳이 아니라 머무는 공간이다. 면적은 가족이 효율적으로 생활할 수 있으면 충분하며, 실거래금액이나 투자 가치보다 사는 이의 만족감이 더 중요하다. 비록 셋집이어도 정붙이고 살면 내 집처럼 여겨진다. 단주인의 갑질이 없어야겠지만.

혼자 사는 사람도 마찬가지다. 혼자 살아도 있을 건 다 있게 마련이다. 세탁기도 필요하고, 냉장고 용량도 기본 용량은 되어야 한다. 나만의 공간에 머무는 동안에는 누군가에 휘둘리지 않고 살 자격이 있다. 비록 단순하더라도 조촐한 삶의 행복을 누릴 권리 같은 것 말이다.

겨울은 어김없이 돌아온다. 겨울이 되면 생활이 단조로워지고, 게을러지며, 생각의 방이 늘어나 우울하고, 모난 돌이 되기도 해서 반성을 하게 된다. 어쩌면 그래서 봄이 있는 것인지도 모르겠다. 지금 거처하는 집은 여름이건 겨울이건 사위가 고요하다. 이웃이라고는 앞집 작은 절 스님과 그 옆집 아주머니와 노부부 외에는 없다. 재개발을 앞두고 그나마 있던 한 가구도 떠났다. 내가 오기 훨씬 이전에 살던 주민들은 보상을 받고 모두 떠났고, 이제는 네 집만이 재개발 영역에서 제외되어 그 자리에 남았다.

인천에 살 때는 골목길 안쪽에 있는 단독주택 1층에 세 들어 살았었다. 여름의 골목길은 분주하고, 요란스럽고, 울기도 하고, 싸우기도 한다. 저녁 8시 30분이 되면 삼겹살 굽는 냄새가 창턱을 넘어 고스란히 내 방 창가에 앉고는 했다.

시커먼 어둠이 고요를 잠식한 어느 겨울날, 나는 소주 한 병을 마주한 채 창밖 풍경을 물끄러미 바라보다 그 골목길이 못 견디게 그리웠다.

누구나 인생이 버겁다고 느껴질 때가 있다. 관계의 포위망에 묶여 숨 쉬기 어려운 경우도 있다. 가끔은 어딘가로 도망가고 싶은 순간이 온다. 그래서 어떤 이들은 여행을 택하기도 한다. 나는 그럴 때마다 집으로 숨어든다.

혼자라는 기억

혼자 사는 사람이라면 한 번쯤 경험이 있을 것이다. 집에 손님들이 온다. 손님이 왔으니 밥상이나 다과상 정도는 내야 한다. 집에 있는 온갖 살림살이를 끄집어낸다. 책이며, 앨범, 이런저런 물건들을 들여다보고 마주 보며 웃고 떠든다. 몇 시간이 지나고 손님들이 우르르 빠져나간다. 남아 있는 건 싱크대에 산더미처럼 쌓인 설거지와 어질러진 방, 그리고 밀려드는 고요와 허전함, 혹은 안도감.

혼자 살기 시작하면서 나는 늘 혼자였다. 어쩌면 당연한 말처럼 들릴지도 모르겠다. 하지만 자신이 거주하는 집에서만 혼자이지, 직장생활을 하건 다른 활동을 하건 어떻게든 외부 세계와 연결되어 살아간다. 그러니 어떤 누구도 완벽하게 혼자인 사람은 없다.

그럼에도 불구하고 '혼자'라는 말은 언제나 꼬리표처럼 나를 따라붙었다. 혼자 수술을 결정하고, 혼자 장을 보러 가고, 혼자 술을 마시고, 혼자 밥을 먹고, 혼자 잠이 들었다. 아무도 나를 바라보지 않는 삶, 나 역시 누구도 깊게 바라볼 필요를 느끼지 않는 삶. 누군가의 인생을 한쪽 어깨에 같이 짊어지고 가는 일, 그리고 평생 그 짐을 나눠야 한다는 사실이 나에게는 감당할 수 없이 무겁게 느껴졌다. 그래서 가능한 나를 고립시키는 방법을 택해왔다. 인연이 다른 인연으로 이어지지 않기 위해 스스럼없이 모든 것을 잘라냈다. 모질다는 소리도 들었다. 들어도 모른 척했다. 나에게로의 침잠이 필요하다고 생각했고, 기꺼이 침묵과 고요를 선택했었다.

하지만 요즘에는 이런 생각이 든다. 까칠함 대신 품어냄이, '아니야' 말고 '그러자'라는 긍정의 말이, '아, 놔, 참' 보다는 '아, 네'라는 포용의 말이 더 필요한 시기가 되었다고.

오래전 일이다. 내 인생이 허공에 떠 있는 것처럼 느껴지던 이십 대 초반, 부천의 한 후미진 골목길의 단칸방에 살 때였다. 나는 한 문화단체에서 일하고 있었다. 아침 9시에 출근하는 것이 아니어서 보통 느지막하게 일어나 슬금슬금 단체 사무실로 기어나갔다. 추운 날에는 오전 7시에 눈을 떴어도 웬만하면 이불 밖으로 나오지 않았다. 딱히 할 일도 없었고 입을 벌리고 하품하면

입김이 나왔다. 화장실에 다녀와 물 한 잔을 마시고 다시 이불 속으로 들어갔다.

그날도 이불 속에서 손만 밖으로 뻗어 라디오를 켰다. 가수 권인하가 진행하는 아침 방송이 나오고 있었다. 노래가 끝나자, 권인하가 울먹이는 소리로 가수 김현식의 부고를 알렸다. 나도 울었다. 라디오를 끄고 김현식의 카세트테이프를 틀었다. '비가 내리고 음악이 흐르면…' 노래가 방 안 정적을 깨고 흘렀고, 동시에 나무 창문을 두드리는 거센 바람 소리에 나는 몸을 후르르 떨었다.

지금도 그 장면이 선명하게 기억되는 순간이면 어김없이 혼자일 때다. 그 단칸방에는 하루 종일 햇빛이 들어오지 않았다. 반지하도 아니었는데 사방이 집들로 들어찬 골목길에는 서로 다른 웅성거림만이 소란스럽게 있을 뿐 한 줌 햇빛과 바람 소리도 허락하지 않았다. 그때 나는 젊었다. 아니 너무 어렸다. 내게 다가오는 세상이 두려웠다. 그 두려움을 끌어안고 권태로움에 허덕이며 그 방에 홀로 있는 그 순간, 지독하게도 혼자였다. 그리고 타인에게 몰입할수록 더욱 외로워졌다.

그래서 더 부지런히 바삐 움직였다. 시간은 좀먹듯이 스러져 갔다. 오늘이 어제가 되고, 내일이 지금이 되어 현재를 살아내고 견디어 냈다. 지금은 세월의 고비가 등에 꼽추처럼 내려앉았다. 그것도 모자라 세상은 너는 이제 그만 쉬어도 된다고 등을 떠민다. 나는 아직 준비가 되지 않았는데, 지금껏 살아온 만큼의 인생을 더 살아내야 하는데 말이다. 늘 그랬다. 준비되지 않았는데 세상은 준비를 강요한다. 못하고 아쉬운 건 내 잘못이고 내가 못나서 그런 것이라고 말한다. 정말 그런 것일까.

자야 할 시간, 뜬금없이 진한 커피가 마시고 싶어졌다.

2부
혼자 살아가는 일

혼자라는 가족

서울로 가는 기차 안이었다. 객차 통로에 금지행위가 적힌 안내문이 붙어 있었다. 물건을 여객열차 밖으로 던지는 행위, 흡연하는 행위 등 9개 금지행위를 적어 놓았다. 적게는 50만 원부터 500만 원까지의 과태료가 부과된다고 했다. 사실 나는 졸보에 가깝다. 버리지 말라고 하면 안 버리고, 돌아가라고 하면 돌아간다. 규칙에 순응한다. 원래부터 그랬던 것은 아니다.

푸르른 청춘이 영원히 지속될 것만 같았던 이십 대, 나는 무언지 알 수 없는 분노와 자책을 아무렇지 않게 쏟아냈다. 아스팔트 위에 거침없이 침을 내뱉고, 담배를 피우고 신발로 짓이겨 버렸으며, 마시지도 못하는 술을 머리 꼭대기까지 채우고 전봇대에 토사물을 뱉어냈다. 육체에서 나오는 분비물을 아무리 토해내도 정신은 정화되지 않았다.

상황을 부채질한 것은 사회 질서에 편입하지 못한 내 처지였다. 신사동에 위치한 갤러리에 면접을 보러 갔을 때는 당신의 외모와 옷차림으로는 어렵겠다는 말을 들었다. 그래픽디자인을 배워 포트폴리오를 들고 디자인 회사에 갔을 때는 이 정도 실력자는 널렸다는 말을 들었다. 그렇게 세상이 정해놓은 질서로부터 쫓겨나 늘 변방을 헤매고 다녔다. 어디에도 정착하지 못했고, 무엇을 위해 싸워야 한다는 전의도 상실했다. 그저 관계의 그물에서 빠져나오지 못한 채 허우적대고 있었다. 나의 이십대는 하고 싶은 것을 내부에서 찾지 못하고 외부 세계에 존재하는 것들을 기웃거리는 삶이었다.

그때 내 옆을 지켜준 것은 친구였다. 혼자 살아본 경험이 딱 3개월이 전부였던 친구는 지금도 나의 안위를 묻는다. '불안함과 두려움은 늘 주위에 산적해 있어서 그 존재감이 확실하지만, 여전히 손에 잡히지 않는다'고 말하는 친구는 혼자인 삶을 생각하면 으레 나를 떠올린다고 한다. 그런 친구에게 불안감의 근원이 '내가 무언가를 하지 못할 것에 대한 두려움'이라고 굳이 말하지는 않았다.

일곱 식구, 다섯 형제 중 셋째였던 친구는 대학 시절, 태어나서 처음으로 낯선 도시, 낯선 방에서 혼자 살았다. 주말에 어머니가 해준 밑반찬을 바리바리 싸들고 방으로 돌아와, 때가 되면 전기밥솥에 밥을 하고 반찬 통을 열었다. 벽을 보고 앉아 밥통에서 젓가락으로 밥을 한술 뜨고, 반찬 통에서 반찬 하나를 꺼내 우물우물 씹어 삼켰다. 설거지는 젓가락 하나만 씻으면 됐다. 친구는 그 상황에 적응하지 못했다. 많은 식구들 틈에서 식구 수만큼의 숟가락과 젓가락을 밥상에 놓는 일은 늘 그친구의 몫이었다. 정작 자신을 위해 밥상을 차리는 혼자만의 절차가 번거롭고 권태로웠다. 친구는 자취 생활을 정리하고 하숙을 시작했다. 대학 졸업을 할 무렵에는 학교에 매일 출석할 필요가 없어서 평온한 안식처인 집으로 돌아갔다.

친구는 가족의 울타리가 되기를 자처했다. 병든 부모를 돌보고 이혼한 언니의 소소한 일상을 챙기는 등 가족의 온갖 대소사를 챙겼다. 하루하루의 삶이 그저 쳇바퀴 도는 것처럼 보였지만, 가족이라는 울타리에서 벌어지는 노동이 친구에게 어떤 의미인지는 감히 물어볼 수 없었다. 아직도 다 자라지 못하고 늙어가는 자신을 자책하는 친구에게 나는, 부모님이 돌아가시면 친구에게 닥쳐올 적막함과 허무함, 그리고 앞으로 견뎌낼 시간의 무게를 더 걱정해 주었다. 심지어 가끔은 친구의 무게에 내

고통을 얹기도 했다.

언젠가부터 사는 게 버티고 견디는 일이 되어 버렸다는 친구는 개그 프로그램을 보는 것이 유일한 사치라고 했다. '이걸 내가 왜 보고 있지'라는 생각을 하면서, '사는 게 시시하다는 건 뭘까'를 떠올렸다. 그런 생각을 할 겨를도 없이 살았던 지난 시간을 되새김질했다. 바쁘거나, 아프거나, 우울하거나, 웃는 시간조차도 심각하고 진지하고 무거웠다. 늘 삶이 궁서체라고 말하는 친구에게 나는 이렇게 말했다.

"반드시 바탕체일 필요는 없어."

사람은 누구나 자신의 편을 만들고 싶어 한다. 그것이 가족이 될 수도 있고, 거대한 담론을 공유한 우리가 될 수도 있다. 혼자 살면서 가끔 내 옆에 아무도 없다는 사실을 떠올리면 쓸쓸하기도 하고, 챙겨주거나 돌봐야 하는 사람이 없으니 세상 편안하다고 느끼기도 한다. 이 모든 것은 관계로부터 인식되는 일시적이고 상대적인 감정이다. 그래서 굳이 혼자 산다는 것에 대해 좋은 점을 말하거나, 불편하고 나쁜 점 등을 손꼽을 필요는 없다.

여러 마을을 다니면서 혼자 사는 어르신들을 많이 만났다. 어느 마을에 갔을 때의 일이다. 팔십 대 초반의 할머니는 마당에 있는 외양간에서 소 다섯 마리를 키우며 농사를 짓고 있었다. 마당과 헛간을 가득 채운 농기구들, 온갖 농약 통과 비료 포대들이 순서 없이 산적해 있었다. 할머니는 점심을 같이 먹자며 내 손을 끌었다. 현관에는 흙 묻은 장화와 슬리퍼, 고무신이 어지럽게 놓여 있었다. 운동화로 그것들을 이쪽저쪽으로 살짝 밀어놓고 집으로 들어갔다. 거실에는 소파와 자식이 사주었을 법한 러닝머신이 있었다. 당연하게도 러닝머신 위에는 각종 잡동사니가 수북하게 쌓여 있었다. 소파에도 전화번호부, 신문, 고지서 등이 가득했다. 한쪽으로 밀어놓고 엉덩이를 붙이고 앉았다.

거실 옆 부엌은 더 정신이 없었다. 냉장고가 있었지만, 부엌 바닥에는 김치 통부터 식재료, 밭에서 수확한 호박, 가지 등이 널브러져 있었다. 할머니는 가스레인지를 켜면서 된장찌개를 끓인다고 했고, 나는 그 뒤에 섰다. 굽은 허리를 싱크대에 기대고 서서 된장찌개에 들어갈 호박과 감자, 양파를 듬성듬성 썰고 있는 할머니의 손은 쭈글쭈글하다 못해 퍼석퍼석해 보였다. 10년 된 된장이라며 거실 한 편에 무심하게 있는 항아리에서 된장을 듬뿍 퍼 뚝배기에 넣는 할머니의 동작을 말없이 바라보았다.

할머니는 "좀 정신없지?"라며 거실에 있던 물건들을 한쪽으로 밀고 밥상을 폈다. 나는 부엌 바닥에 있는 밥솥에서 밥을 폈다. 밥상에 가져다 놓으려 거실로 향하는 발바닥에 흙과 먼지들이 밟혔다. 할머니는 냉장고에서 밑반찬 통을 꺼내고 뚜껑만 열어 차례로 상에 펼쳤다. 뚝배기에서 국물을 떠 입에 넣자, 묵은 된장의 텁텁함과 구수함이 목구멍을 비집고 들어왔다.

"혼자 살기 어렵지 않으세요?"

"뭐 어려울 것 있남? 이렇게 내 먹고 싶을 때 먹고, 자고 싶을 때 자니까 편해. 신경 쓸 사람 없잖아."

"자녀분들은 자주 오세요?"

"지들도 바쁘니 자주 못 오지. 에구, 오면 더 번잡스러워. 지금이 심간 편하고 좋아."

오래된 묵은지와 장아찌 사이를 오가며 나는 부지런

히 밥을 떠넘겼다. 할머니는 밥 두 숟가락에 한숨 한 수
저를 얹어 식사를 했다. 나는 할머니의 한숨 한 수저가
체기가 되지 않았으면 하는 바람으로 틈틈이 질문을 던
졌다. 그래서인가, 할머니는 눈가를 가늘게 찢으며 된
장 국물에 밥을 비벼 후루룩 떠넘겼다.

가족은 돌봄의 관계다. 아프고 늙은 부모를 돌보고,
부부간의 정서적 돌봄 관계를 형성하며, 자녀의 성장 과
정을 돌보고 살피는 작고 소소한 공동체다. 혼자라는 가
족을 꾸린다는 것도 그래서 자신을 돌보는 일이다. 온전
하게 나와의 관계를 돈독하게 맺으며, 내 몸이 나에게
거는 말에 집중하고, 내 마음이 다가가는 일에 전력하면
된다. 나는 그대로의 나인 것이다.

삶이라는 직업

마지막으로 근무했던 직장은 중간지원조직*이었다. 조직의 사무국장은 술자리에서 만난 사람이었다. 이런저런 나의 이력을 듣던 그는 조직에서 마을 조사 업무를 맡아 달라고 제안했다. 근무를 시작하고 나서 얼마 되지 않아 총무가 내 전체 건강보험 내역을 조회해서 알려달라고 했다. 서류를 제출하자 총무가 사무국장에게 보고하는 소리가 들렸다.

"이력서 내용 중에서 여기 다섯 군데만 이력으로 들어가요."

보고가 끝나자, 사무국장이 내뱉는 소리가 들렸다.

"풋."

나라에서 공식적으로 증명해 준 이력만이 인정되는 곳이 직장이었다. 4대 보험 아니 노인장기요양보험까지 5대 보험을 내면서 일해야만 이력서가 완성된다. '글쓰기를 해서 온라인에 연재하는 일을 했어요', '내가 좋아하는 그림을 그려서 지인들에게 선물하는 일을 했어요', '지역의 청소년들과 재미있는 프로그램을 하면서 살았

---

* 행정과 시민 또는 지역사회를 이어주는 역할을 하는 곳.

어요', '공동텃밭에서 지인들과 작물을 키워 이웃과 나누고 있어요' 등은 이력이 될 수 없었다.

내 이력서를 가만히 들여다본다. 이런저런 일을 했다. 밥벌이 노동이 아닌 삶의 현장에서 그때그때 고민한 것들을 드러내는 일들이다. 그 흔한 자격증도 변변찮다. 운전면허와 대학을 수료하면서 취득한 평생교육사 자격증이 있지만, 딱히 쓸 데도 없다. 이력서 한 줄을 차지할 뿐이다. 작업을 하면 수고비를 받았다. 액수는 상관하지 않았다. 의미 있고 재미있는 일이라고 생각했으니까.

우리는 태어나면서부터 삶이라는 직업을 가지고 살아간다. 비록 사회적으로 통용되는 경제적 생산 활동은 아니지만 세상에 삶이라는 직업만큼 어렵고 힘든 일이 있을까.

마을을 다니면서 만나는 칠팔십 대 할머니들이 하시는 말씀이 있다. 결혼을 하지 않았다고 하면 절반은 "내가 아는 사람 있는데 만나볼텨?"라고 말한다. 나머지 반은 "여자가 능력 있으면 결혼 안 해도 괜찮어. 그냥 혼자 살어. 돈 많이 뫼았지?"라고 한다. 첫 번째 질문에는 기겁하고 도망가며, 두 번째 질문에는 입꼬리를 올린 채 슬슬 뒷걸음질을 친다. 어떤 질문이든 속 시원하게 답변하지 못한다.

혼자 살기 위해 사람들은 첫 번째도, 두 번째도 경제력을 꼽는다. 과연 그럴까. 가령 한 달에 90만 원 정도의 생활비가 소요되었던 사람은 은퇴 후에는 조금 더 아껴 60만 원에도 생활할 수가 있게 된다. 하지만 한 달 150만 원의 생활비를 지출했던 사람이 월 60만 원으로 살아가기는 쉽지 않다. 규모와 태도의 문제인 것이다. 스스로 생계의 규모를 어떻게 결정할지, 생산적 삶을 위한 방안을 어떻게 마련할지는 오로지 자신만의 몫이다.

미국의 경제학자이며 반전주의자인 스콧 니어링은 이렇게 말한다.•

우리는 돈을 벌려고 애쓰는 대신 스스로에게 물었다. "내년 1년을 그럭저럭 지내는 데 필요한 최소한의 현금이

• 『스콧 니어링 자서전』(스콧 니어링, 김라합 옮김, 실천문학사, 2000).

얼마지?" 우리는 모든 계획과 목표를 고려해 필요한 현금을 정한 뒤, 그 액수를 벌어들일 수 있을 만큼만 환급작물을 생산했다. 그리고 일단 목표액이 채워지면 다음 예산을 세울 때까지 생산을 중단했다.

시골 생활의 가장 큰 매력은 자연과 접하면서 생계를 위한 노동을 한다는 것이다. 생계를 위한 노동 4시간, 지적 활동 4시간, 좋은 사람들과 친교하며 보내는 시간 4시간이면 완벽한 하루가 된다.

돈을 벌려고 애쓴 적은 없다. 그저 최소한의 생계를 유지하기 위해 애썼을 뿐이다. 그러나 그것도 쉽지 않았다. 그 어디에도 세상이 정해놓은 밑바닥은 없다. 다만 지금의 가난이 내일의 희망이 될지도 모른다는 것을 어렴풋이 알 뿐이다.

살아간다는 직업에 그 어떤 때보다 집중하고 있는 지금, 내 삶의 이력은 어디쯤 와 있을까.

먹고 살아가는 일

우리는 노동집약적인 삶을 산다. 내가 잠을 자는 시간에도 어딘가에서는 쉼 없는 노동이 이뤄지고 있다. 24시간 쉬지 않고 돌아가는 굴레다. 피곤하다. 자본주의 사회에서는 그래야만 겨우 먹고산다. 빈곤은 우리 삶을 조롱하듯 노동의 최전선으로 우리를 내몰고 있다.

30년 가까이 근무한 회사에서 퇴직한 어느 오십 대 후반의 가장이 다시 돈을 벌기 위해 거리로 나선다. 이들이 향할 수 있는 곳은 아니 받아줄 곳은 많지 않다. 남성은 경비원, 여성의 경우는 식당이나 청소하는 일 정도가 전부다. 그동안 아끼고 저축해 돈을 벌었지만, 주거 문제를 해결하고 자식들 뒷바라지하니 노후를 준비할 여력이 없다. 아직 결혼하지 못한 자식도 있다. 이쯤 되면 '일한 자, 떠나라'가 아니라 '일한 만큼 더 일해라'가 되어버리고 만다. 죽을 때까지 일해서 돈을 벌어야 하는 지옥 같은 세상이다.

우리 사회에서 중장년층은 밖으로 뛰쳐나가고 싶은 욕망보다 안온한 거처에 머무르기를 원하고, 지금까지 살아온 내 인생이 과연 맞는 것인가에 대한 막연한 불안감을 가진다. 경제적 빈곤에서 벗어났다고 하더라도 마음의 부채는 그대로이며 중압감을 느낀다. 예전과 똑같이 하루 8시간을 일해도 비타민과 영양제 없이는 버티지 못하는 저질 체력이 되었음을 실감하며, 다가올 노년이 불안하여 전전긍긍하게 된다.

비혼의 경우 먹고사는 생계의 문제를 어떻게든 혼자 해결해야 한다. 즐겁게 일하면서 돈을 벌 수 있는 구조를 만들면 된다고 생각하지만 그게 어디 쉬운 일인가. 회사 생활에서 자아실현은 언감생심이다.

얼마 전 막내 조카가 대학을 졸업하고 취직했다. 세 명의 조카 모두 취업난을 극복하고 직장에 자리를 잡았다. 막내 조카에게 물었다.

"회사 생활 할 만하니?"

"뭐 돈 받으니까 하는 거죠."

현명한 대답이다. 하지만 그 말을 내뱉는 조카의 얼굴은 심드렁했고 귀찮은 표정이었다. 회사는 매달 월급을 주는 직장일 뿐이다. 혼란스러운 상황은 먹고사는 일과 하고 싶은 일을 동일시할 때 찾아온다. 내가 그랬다.

10여 년을 작업자로 살았다. 프로젝트를 하면서 동료

들과 글을 쓰고 그림을 그렸다. 겨울이면 보릿고개를 넘었다. 프로젝트 대부분이 1년 단위로 진행되기 때문이다. 함께 일하던 단체와 자급자족 할 수 있는 방법을 모색했지만, 자영업 외에는 답이 없었다. 단체의 대표는 모두 돈의 노예가 되었냐며 고개를 가로저었다. 결국 그 단체는 시골로 귀농해 자급자족하면서 외부 강의를 하고 있다.

나 역시 일을 찾아 시골로 내려왔다. 그리고 퇴사를 했다. 나 같은 작업자가 겨우 몇 년 회사 생활로 많은 돈을 모았을 리도 없고 속절없이 나이만 먹었다. 생각해보니 단 한 번도 노후를 생각해 본 적이 없다. 노년이 되었을 때의 내 모습을 그리며 대책을 마련하고 살기에 나는 너무 하는 일에만 급급했다.

지금도 생계형 아르바이트를 하며 이 글을 쓰고 있다. 가끔씩은 인터뷰를 해서 글을 쓰고 그림을 그리는 기록 노동자이기도 하다. 아르바이트를 하면서도 삶의 고달픔에 대한 문장들이 떠올라 멀미가 나기도 한다. 이것도 어쩔 수 없는 나의 인생이라는 자조를 섞는다.

인천에 살 때였다. 서울로 가는 지하철을 타기 위해 동인천역으로 갔다. 시간 여유가 있어 골목길을 따라 천천히 걸어갔다. 역전 근처에 다다르자, 한 할아버지가 쪼그리고 앉아 달고나를 만들어 팔고 있었다. 가늘고 긴 손가락으로 나무젓가락을 빠르게 저었다. 그 앞을 지나던 다른 작은 몸집의 할아버지가 뒷짐을 지고 그 앞에 섰다. 잠시 달고나 만드는 모습을 지켜보던 그 할아버지는 쪼그리고 앉더니 바지주머니를 뒤져 500원을 꺼내 달고나 할아버지 손에 쥐여주었다. 그리고 받아 든 달고나를 입에 넣고 이 없는 잇몸으로 우물우물 빨기 시작했다. 움푹 파인 할아버지의 뺨 사이로 동그란 달고나가 부풀어졌다가 사라지기를 반복했다. 나는 지하철 타는 것도 잊어버린 채, 그 광경을 바라보고 있었다. 이상하게 자꾸 눈물이 났다.

먹고살기 위해 거리로 내몰리는 사람들이 꾸역꾸역 살아가는 풍경을 마주할 때가 있다. 그리고 그 틈에 나 또한 끼어 있었다. 식당에 앉아 혼자 국밥을 먹고 있을 때면 삶의 절박함에 목울대가 뜨거워지는 때가 있다. 달고나를 먹는 할아버지의 깊은 주름과 홀쭉한 얼굴을 보며 먹고사는 일의 거룩함에 대해 생각했다.

　어쩌면 인생은 별것 아닐지도 모른다는 생각이 들
었다.

모든 관계는 노동이다

퇴사를 하고 나니 내 몸을 조이고 있던 나사들이 천천히 헐거워지는 기분이 들었다. 적어도 직장생활을 하기 전까지는 모든 인간관계가 노동이라고 여기지 않았다. 적당히 피곤했고, 조금은 나른했으며, 때로는 치열했다.

직장생활을 하면서부터 나는 과도하게 업무에 몰입했고, 직장 내 관계에 대해서도 세세하게 예민했다. 이는 나의 과오인지도 모른다. 관계 맺음에 대한 내 생각은 항상 과도한 기대와 실망감 그 중간 어디쯤을 오락가락했다. 마치 황색 신호등이 켜졌을 때 브레이크와 액셀 사이에서 고민하는 것처럼 말이다.

관계는 나에게 남아 있는 체기 같은 것이었다. 관계 맺기는 이 괴로운 체기를 극복하려는 가엾고 끈질긴 열망인지도 모른다. 그리하여 어느 순간부터 나는 관계를 그저 불능이라는 단어와 같은 것으로 여겼다. 허용되는 수준은 그저 아주 조금만 엿보기, 그리고 이내 소통의 필요성을 느끼지 않고, 종국에는 침묵하기, 단지 그 정도에 지나지 않았다.

인간이 태어나서 처음 관계를 형성하는 것이 가족이다. 내가 원하건 원하지 않건 선택의 여지가 없다. 죽을 때까지 짊어지고 가야 하는 굴레다. 다른 관계 맺기는 유년기에 시작되며 주로 학교라는 울타리 안에서 이루어진다. 그렇게 성장기에 맺어진 친구는 사회생활에서 만난 관계와는 당연히 다르다. 내게도 고등학교 때 만난 죽마고우가 있다. 자주 만나지는 못하더라도 우리는 여전히 시대가 주는 통렬함과 시간이 주는 권태로움을 함께 느끼고 교류한다.

하지만 사회에서 만나 형성된 인간관계는 조금 다르다. 필요에 의해서 맺어진 관계는 일이 끝나면서 폐기된다. 돈을 벌기 위한 목적이든 아니면 다른 이유에서건 직장 내에서의 관계에 의미를 두는 것은 소모적이다. 누구나 자신의 필요에 의해 연락하고 관계를 맺는다. 깊은 의미를 두지 않는다. 그런데도 그 관계가 돈독해지리라 생각하고 깊어지지 않음에 절망한다. 관계에서 오는 고단함과 일에서 오는 피로감 둘 사이의 균형이란 과연 가능한 일일까.

문화단체에서 일하며 알게 된 이십 대 후반의 동생이 있다. 키는 190센티미터가 넘는 장신에 덩치도 제법 있어서 그 옆에 서면 나는 거의 도토리 수준이었다. 동생은 항상 무언가를 갈구하는 사람처럼 보였다. 그러나 그것이 무엇인지 속 시원하게 이야기한 적은 없었다. 2년제 대학에서 디자인을 전공했지만, 막상 취업해 보니 자신의 실력으로는 오래 버티지 못할 것 같다는 생각에 3개월간 인턴 생활을 끝으로 회사를 나왔다고 했다. 그후 일을 찾던 중에 나보다 한 달 먼저 문화단체에 들어왔고, 나와 만화문화예술교육 프로그램을 함께 운영하게 되었다. 동생은 프로그램이 끝나면 전문 기술을 배워 다시 취업을 하겠다고 말했다. 일이 끝난 후엔 소식만 종종 전해 듣다가 오랜만에 만난 자리에서 취직도 하고 독립도 했다는 이야기를 들었다. 동생은 집에서 늘 아버지와 갈등을 겪었다. 스스로 하고 싶은 일을 찾기도 전에 그의 아버지는 미리 정해놓은 삶을 제시하며 다그쳤다. 척추관협착증과 치근단 낭종으로 고통받던 동생에게 너 때문에 돈이 많이 들어간다는 말도 내뱉었다고 했다. 동생은 몇 차례의 수술이 끝나자 결국 집을 나왔다.

기숙사와 고시원을 시작으로 원룸을 구해 생활하는 몇 년 동안 세 군데 직장을 옮겨 다녔다. 첫 번째는 기술을 습득할 기회가 전혀 제공되지 않아 8개월 만에 그만 두었다. 두 번째 회사에서는 6개월이 되어갈 무렵부터 임금 체불이 시작됐다. 적어도 1년은 버텨야만 경력도 인정받고 퇴직금도 받을 수 있다는 생각에 견뎠다. 그러나 몸이 버티지 못했다. 과로와 스트레스로 체중도 급격히 줄었다. 1년 2개월 만에 스스로 걸어 나왔다. 퇴직금도 독촉 전화를 해서 두 달 만에 받았다. 세 번째 회사에서는 가족 같은 관계가 문제였다. 사장 이하 모든 임원들이 가족 관계였다. 술을 마시지 않는다는 이유로 동생을 왕따시켰다. 개의치 않았지만, 회사에서는 1년이 채 못 되어 일방적으로 권고사직을 통보했다. 두서없이 이야기하던 동생은 매번 제출하는 사직서지만 아무리 경험해도 익숙해지지 않는다고 말했다. 나만 그런 것인지 다른 사람들도 이렇게 힘들게 적응해 가는 건지 모르겠다며 고개를 숙였다.

모두가 부푼 기대를 가지고 회사생활을 시작한다. 하지만 그 기대가 과했음을 알아차리는 데 걸리는 시간은 3개월이면 충분하다. 직장 내 인간관계에 치이고, 업무의 과도함에 무너지며, 오르지 않는 월급과 승진에 절망

한다. 그저 별 탈 없이 따박따박 들어오는 월급에 감사
해야 한다. 과연 평생 그렇게 사는 것이 맞는 일일까. 나
는 고개 숙인 동생에게 아무 말도 하지 못했다. 내 삶이
이렇게 아슬아슬한데 내가 건네는 말이 동생에게 도움
이 될 것 같지 않았다. 나 역시 직장생활을 하는 동안 그
저 하루하루 주어진 일들을 처리하고, 원치 않는 인간관
계에 스트레스를 받으며 꾸역꾸역 살아내고 있었던 것
이다.

모든 관계는 노동이다.

가족이나 직장에서 힘들게 유지되는 관계에 둘러싸
여 살면서도 결코 빠져나올 수 없는 굴레 같은 것이다.
그것은 정서적 유대감이나 인간관계의 유연함이라는
탈을 쓰고 사회가 우리에게 강요하는 노동이다.

어쩌면 진짜 혼자 살아가는 일은 퇴사한 지금부터인
지도 모르겠다.

밥 한번 먹자는 말

나는 밥 한번 먹자는 말을 좋아하지 않는다. 대부분 의례적으로 하는 말인 것을 알기 때문이다. 프로젝트를 하는 동안에는 늘 작업하는 동료들과 함께 밥을 해 먹었다. 식사 준비와 지은 밥을 나누는 일은 일련의 노동이었으면서도 밥을 같이 먹는 일의 소중함을 일깨워 준 경험이었다.

하지만 직장생활을 하면서 만난 어떤 사람들은 밥 한번 먹자, 차 한잔하자, 혹은 술 한잔하자는 말을 너무 쉽게 내뱉었다. 물론 대부분 지켜진 적은 없다. 그들은 그렇게 말하는 것을 타인에 대한 친절함 혹은 예의라고 생각할지도 모르겠다. 그렇지만 그 친근함 뒤에 숨어 있는 무례함이 나는 불편했다. 이를테면 첫 출근한 회사에서 처음 만난 동료가 우리 가족같이 지내요, 라고 하는 것과 비슷한 느낌이다.

회사 동료나 일 때문에 만난 누군가와 식사 자리가 있을 때는 한 번도 밥을 편하게 먹은 적이 없다. 처음엔 업무 이야기를 나누다가 소재가 떨어지면 더 이상 꺼낼 말이 없어 우물쭈물하게 되고, 결국엔 의미와 맥락도 없고 알맹이도 없는 이야기로 빠지게 된다. 그럴 때면 나는 이미 넋이 빠져나간 상태가 되어 밥을 먹는 행위에도 집중할 수가 없다. 쌀알이 잘 퍼졌는지, 순두부찌개의 칼칼하고 부드러운 맛이 잘 나는지, 김치에 젓갈이 많이 들어갔는지 등을 느끼기도 전에 그저 그것들을 목구멍으로 넘기기에 바쁘다.

'밥을 같이 먹어야 식구다'라는 말이 있다. 가족(家族)과 식구(食口)는 느낌이 조금 다르다. 가족의 사전적 의미는 '부부를 중심으로 한 친족 관계에 있는 사람들의 집단 또는 그 구성원으로, 혼인, 혈연, 입양 등으로 이루어지는 관계'를 말한다. 식구는 한집에 함께 살면서 끼니를 같이하는 사람을 의미한다. 한국인은 특히 식구라는 말에 더 집착하는 것 같다. 친한 사람들끼리는 반드시 함께 밥을 먹어야 하고, 친분이 없던 사람도 밥을 같이 먹으면 식구처럼 가깝게 여기기도 한다. 그래서 그렇게들 밥 한번 먹자고 하는지도 모르겠다.

유교적 전통이 살아 있고 가난했던 과거에는 같이 밥을 먹는 관계가 중요했다. 끼니를 잇지 못하는 가족을 챙기는 일은 마땅히 해야 할 도리였다. 그러나 다양한 형태의 가족이나 공동체의 구성원으로 살아가는 현대인들이 아직도 굳이, 꼭 밥을 같이 먹어야만 중요한 관계가 되는 것처럼 유난스러운 건 이해하기 어려운 일이다. 어찌 보면 가족이라고 해서 모두 식구는 아닌 것이 요즘 세상 가족의 모습이기도 한데 말이다.

차라리 '밥 한번 먹자'라는 무성의한 말 대신 '우리 내일 12시에 ○○ 식당에서 보자'라고 정확하게 말해주는 편이 훨씬 나을 것 같다.

서른을 앞두고 있을 무렵, 나는 아는 언니가 운영하는 분식집에서 아르바이트를 하고 있었다. 역전에 있던 분식집은 오가는 사람들이 많았다. 밥을 먹으러 오는 사람들 외에도 노숙자나 채소 장사 아주머니, 폐지를 줍는 할아버지 등이 분식집 근처를 오갔다. 손님이 없는 시간에는 그들에게 물 한 잔과 김밥을 건네며 분식집 앞에 쪼그리고 앉아 이야기도 나눴다. 무슨 이야기였는지는 기억도 나지 않는다. 그저 그들과의 대화 속에서 나는 무엇을 하며, 어떻게 살아야 할지를 잠깐 생각하기는 했던 것 같다.

김광석의 「서른 즈음에」를 입에 달고 살았던 그때, 나는 아직 다가오지 않은 미래가 막막하게 느껴졌다. 모든 사람들이 변화의 시대에 하나둘 발맞추어 가고 나만 뒤처진 것 같아서 불안했다. 나는 내게 주어진 시간을 그저 무심하게 흘려보내고 있었다.

그때 한 친구가 나에게 물었다. 너 요즘 뭐 먹고 사냐고. 분식집 뒷밥 먹고 산다고 말했다.

그리고 나는 황지우의 시(詩) 「聖 찰리 채플린」*이 생각났다.

영화 「모던 타임즈」 끝장면에서 우리의 "무죄한 희생자."

찰리 채플린이 길가에서 신발 끈을 다시 묶으면서, 그리고 특유의 슬픈 얼굴로 씩 웃으면서 애인에게

"그렇지만 죽는다고는 말하지 마!" 하고 말할 때

너는 또 소갈머리 없이 울었지

• 『어느 날 나는 흐린 주점에 앉아 있을거다』(황지우, 문학과지성사, 1999).

내 거지 근성 때문인지도 몰라

나는 너의 그 말 한 마디에 굶주려 있었단 말야;

"너 요즘 뭐 먹고 사냐?"고 물어주는 거

聖者는 거지들에게 그렇게 말하지;

너도 살어야 헐 것 아니냐

어떻게든 살어 있어라

그리고 나는 밥 한번 먹자는 말 대신, 그렇게 물어준
친구가 고마웠다.

혼자여도 아프다

주기적으로 오던 허리 통증이 작년에 다시 찾아왔다. 일요일이었고 병원에도 갈 수 없었다. 화장실에 가려면 침대에서 일어나는 데만 10여 분이 걸렸다. 그저 누워서 월요일이 오기만을 바랄 뿐이었다. 누워만 있는데도 배는 고팠다. 냉동실에 두었던 밥을 꺼내 죽을 끓여 허기를 달랬다. 그러고 보니 월요일 출근이 걱정되었다. 사무국장에게 전화했다. 허리 병이 도져 내일 출근하기가 어려울 것 같다고, 치료받고 회복하는 데 일주일 정도가 걸릴 것 같다고 말했다. 미안하다는 말도 덧붙였다. 사무국장의 대답은 이랬다.

"당신 몸이니 당신이 알아서 하세요."

물론 당연한 말이다. 내 몸이니 내가 알아서 해야 하지만 냉정하리만치 단호한 말에 서운했다. 그러나 이내 고개를 저었다. 몸이 아프니 마음도 약해진 것이라고 스스로 위안했다.

혼자 살면서 가장 힘들 때는 아플 때다. 그래서 만성적인 허리 병이 도지면 나는 아예 입원을 한다. 밥도 나오고, 청소를 안 해도 되고, 치료만 받으면 되니 그야말로 편하게 지낼 수 있다. 돈만 있으면 된다. 그런데 코로

나가 퍼지자, 허리 치료를 위해서는 입원할 수가 없었
다. 교통사고나 수술이 필요한 급한 환자 이외에는 불가
능했다. 운전도 힘들어 겨우 택시를 타고 치료를 받으러
다니다 일주일이 훌쩍 지났다. 열흘째 되는 날엔 너무
눈치가 보여 허리 보호대를 하고 출근했다. 사무국장의
괜찮냐, 라는 말에 잠시 째려봤다.

　인간의 육체는 변해간다. 세월이 인간의 몸에 발자국
을 남긴다. 십 대에는 아프더라도 빠르게 회복하지만,
사십 문턱을 지나면서는 산굽이 한 모퉁이를 돌아서면
한숨을 내쉬어야만 한다. 오십에 들어서면 한 모퉁이를
돌기도 전에 큰 숨을 내쉬어야 또 다른 모퉁이를 돌 수
있다. 육십이 넘으면 모퉁이를 돌기도 전에 숨이 찬다.
칠십이 되면 병원 문턱이 닳도록 드나들게 되다가, 팔십
이 되면 '왜 안 데려가나 몰라'를 외치며 살게 된다.
　혼자 살면서 가장 어려운 건 죽음을 준비하는 일이다.
언론에서 고독사 관련 뉴스를 접하면 두려움은 더욱 커
진다. 얼마 전 친구와 통화 중에 친구의 남동생이 집에
서 혼자 외롭게 죽었다는 말을 들었다. 상실감을 의연하

게 버텨 낸 친구를 전화기 저편에 두고 나는 목이 메어 훌쩍였다. 아무에게도 알리지 않고 가족들과 남동생 친구 몇 명만이 모여 장례를 치렀다고 한다. 남동생은 독립해 직장을 다니며 혼자 살고 있었다. 평소 건강한 체질이었고, 자신의 생활 리듬을 잘 관리하고 있던 터라, 친구도 그다지 신경 쓰거나 간섭하지 않고 살았었다. 남동생은 갑작스러운 심장 발작으로 혼자 조용히 외롭게 죽어갔다. 며칠 동안 연락이 되지 않아 남동생의 친구가 집으로 찾아갔고, 죽은 지 사흘이 지나 발견되었다.

요즘 들어 나는 죽음을 구체적으로 생각하기 시작했다. 언제 어떻게 죽을지 모르는 세상에서는 죽음도 오로지 나 혼자 대비하고 책임져야 할 문제다. 2019년 연합뉴스 보도에 따르면 일본에서는 1인 가구 사망자가 나올 경우에는 가정법원이 선임하는 상속재산관리인이 유산 정리절차를 밟는다고 한다. 사망자가 친척이 없고, 장기간 돌봐준 특별연고자로 인정할 만한 사람도 없을 경우에는, 사망자의 재산은 민법 규정에 따라 국고로 들어간다.

나는 물려줄 만한 재산도 없고, 그저 내 육체 하나만 처리하면 되니 비교적 간단한 문제다. 어차피 아버지와 함께 묻힐 가족묘가 있어서, 내가 원하지 않아도 들어가 누울 곳은 마련되어 있다. 죽기 전에 만약 힘이 조금 남아 있다면, 보고 싶거나 안부를 물어보고 싶은 이들에게 마지막 전화를 돌리는 것으로 마무리하면 될 것 같다.

나는 내가 죽어가는 순간의 시간, 장소, 소리, 빛, 색깔, 감각에 대해서 상상하고는 한다. 하지만 막상 닥치면 그런 것들을 느끼지도 못할 거라는 걸 아버지의 죽음을 지켜보며 뻔히 알고 있었다.

사람은 누구나 아프다. 혼자여도 아프다. 그렇다고 서글퍼하지 말자. 그것만큼 초라한 일은 없으니까 말이다. 누구나 늙는 시기가 온다. 늙어가며 죽음에 대한 두려움이 없다면 거짓말이다. 그러면 죽음 뒤에는 편안함과 평온함이 찾아올 거라고 위로하며 두려움을 떨쳐본다.

다만 죽어가는 순간 누군가 내 손을 잡아주며 이 한마디만 해주면 좋을 텐데, 그럴 사람이 없어서 다소 아쉬울 따름이다.

"이 모질고 험한 세상 사느라 수고하셨어요."

외로움은 그리움이다

초등학교 4학년 때였다. 정글짐에 매달려 친구들과 누가 오래 버티는지 내기를 하고 있었다. 점점 힘이 빠졌지만 지기 싫어 진땀을 흘리며 매달렸다. 10분 정도 지났을까. 팔에 힘이 풀리며 아래로 떨어졌다. 떨어지며 접힌 발목이 욱신거렸다. 졌다는 분한 마음에 눈물이 나는 걸 참으며 집으로 돌아왔다. 발목이 아픈 줄도 몰랐다. 발목은 점점 퉁퉁 부어올랐고 어머니는 나를 업고 병원으로 달려갔다. 발목뼈에 금이 갔다. 깁스를 한 달 동안 해야 한다고 했다. 어머니는 그런 나를 하루도 빼지 않고 업어서 등교시켰다. 한 번 삔 발목은 걸핏하면 말썽을 부렸다. 친구들과 운동장을 뛰어다니며 놀다가 다시 발목이 시큰해졌다. 어머니는 곱게 간 치자를 발목에 대어주었다. 시큰거렸던 통증이 사라졌다. 그러면서도 나에게 괜찮냐고는 물어보지 않았던 어머니였다.

40여 년이 지난 요즘, 처음에 어머니는 하루도 거르지 않고 매일 저녁 7시 45분이 되면 전화를 했다.

"오늘 하루 잘 지냈어?"

"뭐 그냥저냥."

"잘 지냈으면 됐어, 끊어. 잘 지내."

두 달 정도가 되어갈 무렵부터 이틀에 한 번꼴로 줄어들고, 결국 일주일에 한 번으로 고정되었다. 이제는 습관이 되어 내가 정기적으로 전화를 한다.

처음엔 매일 오는 어머니의 전화를 그저 나이 들어 혼자 사는 딸내미를 걱정하는 마음으로만 여겼다. 그런데 생각해 보니 예전에는 내가 아무것도 하지 않고 빈둥거릴 때도 이 정도의 관심을 보이지는 않았었다. 하긴 그때는 어머니도 젊었다. 당신의 일과가 있었고, 돌볼 아버지가 있었다. 나에게까지 신경 쓸 여력이 없었을 것이다. 전화가 뜸해지면서 나는 어머니의 잘 지내, 라는 말의 의미가 외로워, 라는 말의 다른 표현이라는 것을 알게 되었다.

결혼하지 않은 나로서는 가족을 꾸려 사는 게 어떤 것인지 가장 적나라하게 볼 수 있는 관계가 부모다. 형제들도 모두 가족을 이루었지만, 서로 떨어져 살다 보니 세세한 모습까지는 알 수 없다. 그저 이혼하지 않고 먹고 살면 잘 살고 있겠거니 했다. 어쩌다 명절이나 부모님 생신 외에는 얼굴 보는 일도 점점 뜸해졌다. 갑자기 전화라도 오면 가슴부터 철렁 내려앉는다. 무슨 일이 생긴 것은 아닌지 조마조마한 마음 때문이다. 무소식이 희소식이다.

3대 독자였던 아버지는 중학교 때 경상도에서 서울로 유학을 왔다. 친척 집에 기거하면서 온 집안의 기대를 받고 대학교까지 졸업했다. 졸업 후에는 일이 잘 풀리지 않다가 우연한 계기로 건축업을 하게 되었다. 종로에 위치한 한 은행 건물을 지으면서 아버지는 탄탄대로를 걷기 시작했다. 어머니와 결혼하고 주택도 마련했다. 증조할아버지와 증조할머니도 모시고 왔고 고모들도 수시로 드나들었다. 맏며느리인 어머니는 1년에 열 번 제사를 지냈다.

그러나 채 15년을 채우지 못했다. 아버지는 묵묵하게 돈 벌어다 주고 집에 꼬박꼬박 들어오는 가장의 역할에는 충실했지만, 바깥에서 남들에게는 한없는 호인이었나 보다. 돈이 필요하다는 먼 친척의 말에 덜컥 보증을 섰다가 운영하던 사업체가 결국 부도가 났다. 하루아침에 풍비박산이 났다. 어머니는 집에 빨간딱지가 붙고 나서야 그 사실을 알게 되었다.

어떻게든 자식들 공부시키고 키워야 한다는 마음으로 어머니가 생계 전선에 나섰다. 미아리로 이사해 여관을 시작했다. 어머니는 아침저녁으로 바빴다. 네 명 자식들의 도시락을 챙겨 등교시키고 집 정리를 하고 장사를 준비했다. 아버지도 물론 그 옆에서 어머니를 도왔다. 어머니가 집에 가서 살림을 하는 동안 빈 카운터를 지키는 것은 아버지였다. 어머니는 10년 동안 유지한 여관업을 접은 뒤에도 예순세 살이 되던 해까지 제과점과 목욕탕을 운영했고, 아버지는 묵묵하게 어머니의 일을 보조했다. 가끔은 집에서 큰소리가 나기도 했다. 돈 벌어오지 못하는 가장인 아버지의 비애와 악착같은 생활력으로 네 자녀를 대학 공부까지 시킨 어머니의 고단함이 충돌한 결과였다.

아버지가 환갑을 맞았을 때의 일이다. 환갑잔치를 해야 한다고 해서 세 명의 딸은 한복을, 남동생은 양복을 맞춰 놓았다. 뷔페식당도 예약했다. 그러나 막상 아버지는 당일 아침 소리 없이 사라졌다. 연락도 되지 않았다. 어머니 말로는 갈 곳도 없다고 했다. 식당을 취소하고, 맞춰두었던 한복을 고이 접어 박스에 넣었다. 그날 밤, 아버지는 어두운 얼굴로 현관문을 열고 들어왔다. 다음 날 듣기로는 고모가 살고 있는 경상도에 다녀왔다고 한다. 당시로서는 아버지의 속내를 도저히 알 수가 없었다. 그 뒤로 아버지의 일탈은 더 이상 일어나지 않았다. 이후 아버지와 어머니는 모든 장사를 정리하고 상가 월세로 근근하게 살아갔다.

강화도에서 일하고 있을 때였다. 주말을 맞아 부모님 집을 방문했다. 돼지고기와 굵게 썬 감자를 넣고 칼칼하게 끓여낸 고추장찌개와 노릇하게 구워낸 고등어, 김치를 놓고 함께 밥을 먹었다. 고개를 숙인 채 아무 말 없이 생선 살을 발라내는 아버지의 모습은 슬펐고, 찌개 국물을 밥에 섞어 억지로라도 삼키는 어머니의 모습에서 세월이 보였다. 파킨슨병이 시작된 아버지의 병약해진 모습, 이제 늙어가는 일만 남았다는 걸 받아들이기 싫은 어머니의 마음이, 오가는 젓가락질 사이에 숨겨져 있었다. 힘겨운 점심을 먹고 내내 텔레비전만 보다가 저녁을 먹자며 억지로 밖으로 끌어냈다. 저녁 식사 후 나는 강화로 가는 버스에 올랐다. 또 전화할게요, 라는 말을 남기고 뒤를 돌아봤다. 두 손을 꼭 잡고 가는 노부부의 모습 같은 것은 없었다.

　결혼해 가족을 이루었다고 해서 외롭지 않다던가, 결혼하지 않고 혼자 산다고 더 외롭거나 하지는 않다. 외로움은 상대적 박탈감이 아닐까. 관계로부터 튕겨 나오고, 어디에도 내 것이 없다는 상실감이 외로움이라는 단어를 부채질한다. 때로는 누군가에 대한, 아니면 어떤 것에 대한 그리움에 휩싸이면 여지없이 외로워지기도 한다. 옆에 남편이 있고, 아내가 있고, 친구가 있다고 해서 해소될 문제는 아니다.

　요즘 들어 늦은 밤, 술과 더 자주 마주하게 된다. 스트레스도 아니고 허전함 때문도 아니다. 세상의 모든 소리로부터 나를 차단하고 홀로 술잔을 기울이는 시간은 나에게 위안이다. 혼자라는 삶이 주는 외로움과 그리움 사이를 오가는 지금, 나는 쌓여가는 술병의 숫자만큼 외로웠다.

일요일은 동사였다

알람이 울리지 않는다. 손을 더듬어 휴대전화를 켜본
다. 오전 7시 30분이다. 벌떡 일어났다. 멍하니 창밖을
보니 은행잎이 떨어지며 마당에 노란 이불을 덮어 놓고
있었다. 고정된 채널 같은 풍경이었다. 그리고 일요일
이었다. 평일보다 한 시간 늦게 일어났으니, 하루도 천
천히 시작된다. 세수를 하고 청소를 시작한다. 먼지 쌓
인 창틀을 닦고, 청소기를 돌리고, 화장실을 청소한다.
거실 창문으로 햇빛이 쏟아진다. 커피 한 잔을 타서 부
엌 의자에 앉아 창밖을 바라보고 있으니 평화로운 마음
마저 든다. 일요일이 조용하게 지나가고 있었다. 일요
일은 명사가 아니라 동사였다.

얼마 전부터 집 뒤편에 아파트 신축공사가 시작됐다.
'직진하세요, 직진하세요, 작업 중입니다'라는 인공지
능 여성의 목소리가 마당을 거쳐 집 안으로 고스란히 들
려온다. 아침 6시부터 저녁 6시까지 쉴 새 없이 쿵쿵쾅
쾅거리는 소리가 울린다. 토요일도 없다. 일요일 단 하
루만 쉰다. 예상치 못한 소음에 시달리는 것이다. 아파
트에 살아본 적이 없어 층간소음이라는 단어 자체를 모

르고 살던 내가 건설 소음 공해에 적나라하게 노출됐다. 소음에서 벗어나는 방법은 집을 나오는 수밖에 없다. 한적함과 평화로움을 방해받은 나로서는 참으로 난감할 노릇이었다.

우리의 하루는 보고, 말하고, 듣는 행위로 가득하다. 늘 끊임없이 본다. 컴퓨터를 보고, 휴대전화를 보고, 텔레비전을 본다. 수많은 영상과 이미지에 둘러싸여 보이는 세계에 집중한다. 또 하루 종일 말한다. 자신의 의견을 알리고 관철시키기 위해, 때로는 나의 책임이 아니라고 회피하기 위해 말한다. 어린아이의 호기심 어린 질문이 아니라 주로 주어진 역할에 충실하기 위한 대사와도 같은 말을 한다. 그리고 듣는다. 거리 어딘가에서 라디오 소리를 듣고, 쇼핑몰에서 나오는 음악을 듣고, 누군가의 통화 소리를 듣고 싶지 않아도 듣게 되며, 도로를 질주하는 차의 굉음을 듣게 된다. 이런 세상에서 나는 무엇을 보고 들을 것인가.

쉴 새 없이 들리는 소리 속에 자연의 소리는 없다. 평화의 소리란 애초에 없는 것일지도 모르겠다. 그런 세상의 것들을 보지 않고, 아무 소리도 듣지 않으며, 어떤 의식적 행동도 하지 않는 평화가 일주일 중 단 하루라도 있었던가. 일요일만큼은 어떠한 소음이나, 관계에도 방해받지 않는 온전한 나의 하루를 보내고 싶다.

어느 날 저녁 후배에게 전화가 왔다.

"언니, 뭐 하세요?"

"술 마시며 그림 그리고 있어."

"부럽네요."

"잉???"

후배는 결혼 후 경기도 외곽에 전셋집을 얻어 독박육아를 하며 지내고 있었다. 건설업에 종사하는 남편은 현장에서 지내는 날이 많아 주말에만 겨우 집에 왔다. 아이와 단둘이 지내던 후배는 하루 종일 말 상대가 아이밖에 없다고 했다. 후배가 거주하는 곳은 새로 생긴 전원주택 단지인데 번화한 마을과는 동떨어진 곳에 있었다. 입주한 가구도 거의 없어 이웃도 없는 상태였다. 아이를 어린이집에 등원해 주고 집에 돌아와도 별다른 할 일을 찾지 못했다. 취미 삼아 캘리그래피를 배우고 독서 모임에도 나가 봤지만, 코로나로 인해 그마저도 취소됐다.

어쩌다 보니 고립된 생활을 하고 있었던 것이다. 후배의 이야기를 들으며 의도했건 의도하지 않았건 꽤 많은 사람들이 시대가 주는 적막한 시간을 통과하는 중인지도 모르겠다는 생각이 들었다.

일요일이라는 단어는 한없이 늘어지고, 뒹굴거리고 싶고, 아무것도 하기 싫은 날이라는 느낌을 준다. 그래서 일요일에는 특별한 일정이 없는 한(대부분은 없다) 묵은 먼지를 치워내고, 일주일 치 반찬을 만들고, 산책을 다녀오는 것 이외에는 아무것도 하지 않는다. 책도 읽지 않고 휴대전화도 뒤적거리지 않는다. 시계 초침 소리가 가득한 집 안의 침묵을 느낄 뿐이었다. 평일에는 시간 단위로 나눠 해야 할 일들의 목록을 세워 놓는다. 한시라도 가만히 앉아 있는 일이 없다. 매시간 에너지를 쏟아서일까. 평화롭게 지나가는 일요일이 내게는 달콤하기보다 권태로웠다.

마지막 이사

영화 「밀양」은 주인공 신애(전도연 분)가 남편을 잃고 남편의 고향인 밀양으로 이사하는 장면에서 시작한다. 이사 중 신애가 몰던 차는 국도에서 고장이 나고, 카센터 사장 김종찬(송강호 분)의 도움으로 그의 차를 타고 밀양으로 들어온다. 그때 잠든 아이를 안은 신애의 얼굴로 햇볕이 쏟아진다. 밀양에서 거주할 집도 정하지 않은 채 밀양행을 택한 신애의 모습은 이사라기보다는 이동에 가깝다. 그럼에도 이사를 생각하면 늘 이 장면이 떠오르는 것은 신애의 얼굴에만 유난스럽게 쏟아지던 햇볕 때문이었다. 강렬한 햇살을 한 번도 찌푸리지 않고 받아낸 신애의 얼굴은 새로운 공간과 장소에 맞설 준비와 각오가 되어 있는 것처럼 보였다. 그 얼굴은 오랫동안 내게 각인되었다.

인천에서 지금 사는 집으로 이사를 오던 날, 나는 1톤 트럭 두 대를 불렀다. 2시간이 넘는 긴 여정 내내 나는 운전석 옆 보조석에 앉아 창밖을 바라봤다. 트럭 운전 기사는 이따금 막히는 도로에 대한 불만을 털어놓았고, 나는 그저 그러게요, 라며 시큰둥하게 대답했다. 늦은 8월이었다. 내리쬐는 햇빛으로 트럭 안은 이미 더웠다. 그때 나는 이제 더 이상 떠돌이 생활을 하며 살고 싶지는 않다고 생각했다. 그러나 내 소유의 집이 없는 이상 이사는 계속될 것이다. 아마도 물리적, 정신적 안정과 안온함을 위해 내 집 장만의 욕구가 생기는 게 아닐까 싶다.

어머니는 집에 대한 욕구가 컸다. 내가 태어난 곳은 서울 동대문구 전농동의 아담한 단독주택이었다. 아버지의 부도로 집을 처분하고 미아리로 이사하면서 어머니의 내 집 장만 장기 프로젝트가 시작됐다. 여섯 식구가 거주할 만한 전셋집을 두 번 이사한 후 비로소 신축 빌라를 어머니 명의로 장만했다. 어머니에게 모든 경제권이 넘어간 지 6년 만의 일이었다.

지금도 그날을 기억한다. 고등학교 1학년이었다. 학교가 끝나고 나오니 어머니가 정문 앞에서 기다리고 있었다. 이사할 집의 위치를 정확하게 모르니 나를 마중 나온 것이다. 어머니를 따라 가파른 경사의 언덕길을 올라갔다. 학교에서 걸어서 불과 10분 거리였다. 이사를 마친 뒤라 어머니의 얼굴에는 피곤함이 가득했지만, 드디어 내 집을 장만했다는 흥분과 뿌듯함이 가득했다.

새로 이사한 집은 햇빛이 잘 들고 따뜻했다. 밖으로는 새소리가 들렸다. 어머니의 꿈을 알았던 터라 나도 기뻤고, 드디어 우리 집이 생겼음을 진심으로 축하했다. 몇 년이 지나자, 우리 집 앞뒤와 옆으로 다른 빌라들이 우후죽순으로 들어섰고, 집에는 더 이상 햇빛이 잘 들어오지 않게 되었다. 그리고 그 집에서 아버지를 보내고 어머니는 35년 만에 혼자 아파트로 이사했다.

이사를 앞두고 어머니는 버릴 물건들을 거의 한 달에 걸쳐 조금씩 버렸다. 그동안 여섯 식구가 살았던 살림살이였다. 자식들이 독립하면서 짐이 일부 빠졌지만 기본적으로 큰 살림살이였고 온갖 잡동사니들이 곳곳에 있었다. 하물며 결혼에 기약이 없는 내게 줄 주방 살림도 몇 년째 장롱 위에 고이 모셔져 있었다. 이사하기 전 나는 미리 가서 더 버려야 할 것들을 추려냈다.

이사 당일 포장이사 직원들이 예정 시간보다 일찍 도착했다. 그들은 신속하고 정확하게 움직였다. 예정대로 모든 짐이 겨우 제자리를 찾아 놓이자 저녁이었다. 온몸이 쑤시고 아팠다. 혼자 이사할 때보다 더 피곤했다. 냉장고에서 꺼냈던 음식과 식재료들이 제 위치에 맞게 들어갔는지 확인해 주고, 장롱에 있던 이부자리와 옷들이 정확한지, 베란다에 있던 살림살이들이 맞는지, 에어컨을 설치하면서 배관을 위한 타공을 할 것인지 여부를 결정하고, 도시가스를 연결하면서 노인들을 위한 안심버튼을 설치할지를 돌아다니며 확인하는 일이 더 힘들었다. 나만의 질서와 속도로 움직일 수가 없었다. 이삿짐 직원들이 가고, 언니와 동생도 가고 나서야 겨우 엉덩이를 붙이고 앉았다. 정신없었던 며칠이 새로운 공간에서 저물어 가고 있었다. 어머니에게는 마지막 이사가 될 터였다.

수없이 이사를 다녔지만 나는 포장이사를 한 적이 없다. 모든 짐은 손수 내가 싸고 푼다. 포장이사를 하지 않는 이유는 단순히 경제적인 이유 때문만은 아니다. 짐을 정리하다 보면 그동안 살아온 흔적이 보인다. 어디서 받았는지 잘 기억나지도 않는 기념품과 선물들, 그동안 써왔던 일기와 메모장, 프로젝트를 하면서 모아두었던 온갖 자료, 언젠가는 쓰겠지 하며 버리지 않은 잡동사니와, 구입하고 쓰지도 않는 주방용품 등이 구석구석에서 쏟아져 나온다. 이 물건이 어떤 과정을 거쳐 나에게 들어오게 되었는지를 기억하는 일은 나의 과거를 돌아보는 일이기도 하다. 오래된 물건에 대한 향수는 그렇게 나의 뇌를 자극하고 흥분시킨다.

이사는 단순히 공간에서 공간으로 옮겨가는 일이 아니다. 내 삶의 새로운 한 페이지를 펼치는 일이며, 새로운 관계 맺기나 관계의 재정립이 이뤄지는 계기가 된다. 마당에 트럭 두 대가 끼이익 소리를 내며 정차한다. 운전기사가 짐을 내리는 동안 아직 손에 익지 않은 열쇠로 새로운 현관문을 연다. 그 순간 내 낡은 기억의 문이 스르르 닫히는 소리가 들려온다.

아마도 내게 한 번의 이사가 더 남은 것 같은 불길한 예감이 밀려온다.

남겨진 자들

나는 지질한 어른이 되었지만 그다지 부끄럽게 생각하지 않기로 했다. 진짜 어른이 되기도 쉽지 않은 세상에서 지질한 어른이 대수던가. 어른이라고 해서 모두 폭넓은 아량과 지혜로 넘쳐나지는 않는다는 말이다. 그러나 간혹 인터뷰나 취재하러 가서 진짜 어른을 만날 때가 있다.

여든 중반의 한 어르신은 눈이 오나 비가 오나 바람이 부나 오후 2시 20분이면 산책을 나간다. 사선으로 맨 작은 가방에는 비가 오면 깔고 앉을 비닐과 사탕이 들어 있다. 산책길에는 늘 이웃이 함께한다. 지팡이를 짚고 천천히 동네 주변을 돈다. 열 걸음쯤 가다 한 번 쉬고, 다시 열 걸음을 옮긴다. 마을과 시장을 연결하는 다리 위의자에 앉아 흐르는 강물과 바람을 느낀다. 수다와 침묵 사이 어디쯤을 수없이 왕복하면서 오가는 사람들과 인사를 나눈다. 나는 다리를 건너 다른 이를 만나러 가던 중이었다. 놀다가, 라는 말에 엉덩이를 붙이고 옆에 앉았다. 어르신이 말했다.

"가만 생각해 보니 나 스스로 열심히 살았으니 이제 되었어. 아등바등 싸 가지고 가는 사람은 저승길 갈 때

무거워서 나보다 먼저 못 가."

어떤 생각의 끝에 이런 말씀을 했을지 차마 물어보지
않았다. 고개를 돌려 어르신의 옆얼굴을 바라봤다. 모
자를 쓰고 마스크를 써서 자세한 표정을 읽기는 어려웠
다. 다만 그 눈빛만큼은 맑고 투명했다. 위로를 건넬 수
도, 공감의 말을 꺼내기도 어려웠다. 그저 긍정의 침묵
말고는 다른 것은 할 수 없었다. 다만 지혜로운 어른을
만나고 돌아오는 길은 구겨졌던 마음이 잘 다려진 와이
셔츠처럼 반듯하게 펴진 기분이 든다.

사람이 사람에게 무엇이 될 수 있을까. 누구나 살아가
는 동안 끊임없이 누군가와 관계를 맺기 마련이다. 시골
은 아직도 공동체가 남아 있는 곳이다. 한 마을에서 오
래도록 살다 보니 옆집 앞집 모두 아는 사이고 사돈의 팔
촌까지도 알게 된다. 나만의 은밀한 사생활 같은 것은
없다. 몇 번 지역을 옮기고 난 뒤 이런 사실이 머릿속에
각인되어서일까. 지금 집에는 그런 과도한 애정을 가지
고 간섭하는 이웃이 없다. 바로 앞 주지 스님은 일주일
에 두 번 정도만 절에 머물고, 앞집 아주머니는 결혼하

지 않은 아들과 함께 살며 역시 조용하게 살아간다. 나를 포함한 세 집이 각자의 영역에서 자신의 일상만을 영위하며 살아갈 뿐이다. 아주 가끔은 절에서 지낸 제사 음식을 주지 스님이 나눠 주기도 하며, 이른 아침 대문 앞에 수확한 호박 두 개를 떡하니 놔두고 가는 아주머니가 있을 뿐이다.

독립한 이후 한 번도 누군가와 같이 살아본 적이 없는 나로서는 옆에 있던 누군가의 부재가 가져올 상실감을 온전히 이해하기는 어려운 일이다. 아버지의 죽음에 대해서도 '아버지'가 아닌 '부재'라는 단어에 방점이 찍혔다. 있던 존재가 사라지는 순간, 나는 남겨진 자로서 애도 하는 것 이외에는 할 수 있는 것이 없었다. 그리고 이제 혼자 남은 어머니의 늙어감을 지켜보며 이후의 부재와 남겨짐에 대해 생각해 보게 된다.

주말이 되어 어머니에게 전화를 했다.

"하루 종일 전화 한 통 울리지 않더니 그래도 네가 전화하네."

"그랬어?"

어머니의 적적함을 위로할 별다른 말은 떠오르지 않았다. 나도 적적한 주말을 보내고 있었기 때문이다.

　가족들이 모여 살면서 북적대던 집은 결혼과 독립, 죽음 등의 이유로 혼자 남겨지게 된다. 자식들이 출가와 독립을 하면서 아버지와 어머니도 각방을 썼다. 안방을 어머니가, 내가 사용하던 작은 방을 아버지가 사용했다. 아버지의 병세에 따라 방은 변해갔다. 초반에는 침대와 컴퓨터가 놓여 있었고, 나중에는 환자용 침대와 약과 라디오가 있는 보조 테이블이 전부였다. 아버지가 돌아가시고 그나마 있던 짐을 빼고 나니 그 작은 방이 꽤 넓어 보였다. 이후 명절에 가서 잠을 자는 날에는 아버지가 누웠던 환자용 침대에 내가 누웠다. 아버지가 복용하던 약 냄새가 미세하게 났다. 하루 종일 여기에 누워 천장을 바라보았을 아버지를 생각했다. 천장 벽지에 새겨진 꽃무늬를 헤아리면서 잠을 청했을까, 그도 아니면 라디오를 틀어놓고 세상의 소리를 들으며 당신의 처지를 비관했을까, 몇 년 동안은 그 침대에서 잘 때마다 가위에 눌렸다. 이후 어머니가 그 집을 떠나 아파트로 이사한 뒤에야 간혹 그 침대에서 자도 괜찮았다.

결국 사람이 사람에게 아무것도 아닐지라도, 누군가가 떠나간 자리는 상실감으로 다가온다. 그리고 나는 남겨진다. 그것에 대한 두려움과 상실감, 공허감은 내가 감당해야 할 몫이다. 문득 남겨진 자, 살아남은 자에게 경의를 표하고 싶어졌다.

날마다 새로운 날은 없다

계절이 바뀔 때마다 몸살을 앓는다. 반바지를 입을지, 긴바지를 입어야 할지 망설인다. 아침저녁으로 선뜻한 기운을 느끼며 한기와 온기 사이를 오간다. 겨울에서 봄으로 가는 길목이다. 마당에 얼음이 햇빛을 받아 조금씩 녹아간다. 그 모습을 지켜보고 있으니 겨울에서 봄으로 가는 시기가 단 한 번도 쉽지 않았다는 것을 깨닫는다. 어쩌면 우리는 매번 똑같은 몸살을 반복해서 걸리며 살아가고 있는지도 모르겠다. 그러니 한 번도 앓아보지 않은 것처럼 사는 것도 나쁘지 않겠다는 생각이 들었다.

나이가 들어가면서 친구나 동료들이 줄어간다. 모두가 직장을 따라, 혹은 결혼을 하면서 거처를 옮기고 자연스럽게 멀어져 간다. 이십 대에 만났던 죽고 못 살 것 같던 친구들도 마찬가지다. 모두가 각자의 영역에서 부지런히 쳇바퀴 같은 삶을 살아내느라 서로를 잊고 산다. 이래저래 의도치 않게 관계의 폭이 좁아지는 것이다.

'고슴도치의 딜레마'라는 말이 있다. 서로가 더 가까이 다가갈 수도, 그렇다고 떨어질 수도 없는 곤란한 상황을 가리키는 심리학 용어다. 고슴도치가 온기를 나누기 위해 다가갔지만 자신의 몸에 있는 가시가 서로를 찌른다. 고슴도치는 서로의 몸에서 떨어졌지만 여전한 추위를 견디지 못하고 다시 다가가며 아픔을 느낀다. 이 과정을 겪으면서 서로를 찌르지 않으면서도 온기를 나눌 수 있는 알맞은 거리를 발견하게 되었다고 한다.

나에게 관계란 날 선 가시를 세우고 있는 고슴도치 모습과도 같았다. 그렇다고 움츠려 들거나 적절한 관계를 유지하기 위해 노력하지는 않았다. 이런저런 복잡한 관계들을 조금씩 청산하고, 단순한 일상들이 이루어 내는 작고 평범한 것들로 삶을 채웠다. 아침 먹으면 점심, 점심 먹으면 저녁을 먹듯이 말이다.

어느 날 후배가 우울증과 불면증에 시달리고 있다고 고백했다. 술을 마셔도 잠들지 못해서 결국은 수면제 처방을 받아 겨우 잘 정도였다. 자기 생각에 우울증의 가장 큰 원인은 직장생활을 하면서 매일 똑같이 굴러가는 삶이라고 했다. 애써 다른 것들에 관심을 가지고 취미를 가져보려고 했지만, 무엇을 해도 흥미를 느끼지 못했다. 이 상태로 계속 살아간다고 생각하면 끔찍하다고 했다. 나는 위로가 되지 못할 것을 뻔히 알면서도 '누구나

다 그렇게 살아'라고 말해버렸다. 때로는 속내를 드러내는 것만으로도 응어리가 풀어진다는 걸, 그저 들어주는 것만으로도 위로가 될 수 있다는 걸 알면서도 무심코 내뱉은 나의 한마디가 후배를 더 아프게 했을지도 모른다는 소심함에 밤새 뒤척였다. 석 달 뒤 다시 후배를 만났다. 더 나빠지지도 좋아지지도 않은 상태로 보였다. 우려와는 달리 주말마다 약속과 일정이 있었고, 하루 일과를 그럭저럭 버티고 있었다. 내가 달리 할 수 있는 것은 없어 보였다. 그저 어깨를 두드리며 또 보자는 말만 남겼다.

어차피 생활이란 쳇바퀴 같다. 그 속에서 무엇을 찾는가는 자신의 몫이다. 영국의 비평가 존 러스킨*은 '우리는 하루하루를 보내는 것이 아니라 내가 가진 무엇으로 채워가는 것이다'고 말했다. 나는 지금 무엇을 찾고 어떤 것으로 하루를 채워가고 있는지 돌이켜 보았다.

* 존 러스킨(John Ruskin, 1819-1900)은 영국 빅토리아 시대의 예술 평론가, 수채화가, 사회운동가이다.

하루는 아침 6시 30분에 시작된다. 커피 한 잔으로 아침을 깨우며 마당에 나간다. 텃밭 작물이 밤사이 무탈한지, 잡초가 많이 자라지는 않았는지, 야생동물의 피해는 없었는지 등을 살핀다. 8시에 아침 식사를 준비한다. 불려놓은 미역을 참기름에 들들 볶아 미역국을 끓이고, 밭에서 수확한 호박에 새우젓을 넣고 달달 볶는다. 역시나 밭에서 뜯어온 상추를 씻어 식탁 위에 놓는다. 하루의 성찬이 시작된다. 아침 9시가 되면 노트북을 들고 도서관으로 출근한다. 오후 2시까지 이런저런 잡다한 글을 쓴다. 집으로 돌아와 간단하게 요기를 하고, 그림을 그리거나 책을 읽는다. 3시 30분에 아르바이트와 운동을 다녀오면 저녁 6시 30분이다. 직장인도 아니면서 여전히 나인 투 식스의 생활을 유지하고 있다. 벗어나기 어려운 습관의 굴레다.

어떤 날은 한마디도 하지 않는 날도 있다. 그럴 때는 입에서 군내가 나기도 한다. 어쩔 수 없이 휴대전화를 뒤적여 누군가에게 전화해 별일 없냐는 안부를 건넨다. 그리고 보니 어쩌면 삶이란 생각보다 단순한 것이 아닐까 싶기도 하다. 날마다 새로운 날은 없다.

익숙함과 불편함

어머니는 무릎 수술 이후 1년이 지나자 제사 파업을 선언했다. 예년에는 매해 열 번 이상 제사를 지냈고, 제삿날은 단 한 번도 조용하게 넘어간 적이 없었다. 한번은 어머니가 자신의 늙어버린 몸뚱이를 하소연하면서 아버지에게 구시렁거렸다. 사실 그동안 참아 왔던 것이 희한할 정도였다. 결국 어머니는 칠십 대에 접어들면서 아버지와 합의하에 제사를 줄였다. 명절과 증조부의 제사만 지낸다는 조건이었다. 아버지는 군말 없이 수긍했다.

아버지가 돌아가시고는 아버지 기일과 명절에만 제사를 지냈다. 어머니는 고관절 수술 후 더 기력이 떨어졌다. "나 이제 더 이상 못 해"라며 백기를 들자, 언니들도 그러시라고 했다. 두 번의 아버지 기일을 챙기고 나서의 일이었다.

아버지 기일까지 지내지 않으니, 형제가 모일 일이 더 줄었다. 명절 음식을 하지 않으니, 어머니는 자식들이 명절에 와서 먹을 것을 따로 준비한다. 제사도 파업한 마당에 따로 음식도 장만하지 말자고 했지만, 어머니 입장에서는 그게 아니었던가 보다. 오랜만에 오는 자식들에게 먹을 거 하나 제대로 챙겨주지 못하는 미안한 마음만 가득해 보였다. 큰언니가 사 가지고 온 음식을 앞에 두고도 먹지 못했고, 작은언니가 바리바리 싸서 온 음식도 맛만 볼 뿐이었다. 언니네 식구들이 왔다 간 이후 어머니는 한참 식탁 의자에 멍하니 앉아 있고는 했다. 힘들면 누워 쉬시라고 말했다. 그러자 어머니는 마른세수를 하며 초점 없는 눈으로 말했다.

"맨날 혼자 있다가 한바탕 왔다 가니 정신이 하나도 없어서 그래."

가끔 혼자 사는 사람들이 커뮤니티를 이루어 살아간다는 이야기를 듣고는 한다. 혼자 살면서 어려운 일이 생길 때 서로 도우며 산다는 건 또 다른 관계를 형성하는 일이다. 나는 과연 그런 커뮤니티를 이루어 살아갈 자신이 있나, 혹은 나 스스로 그 울타리 안으로 기꺼이 들어가 살아갈 자신이 있는지를 자문해 본다. 솔직히 자신이 없다.

오랜 시간 혼자 살아왔던 사람은 자신만의 공간에서 스스로의 루틴에 맞춰 사는 데 익숙하다. 내 리듬에 맞쳐진 익숙함을 부러 타인과 공유하며 관계를 형성하는 일은 어려운 일이 되고 만다. 익숙함은 육체적 편리함을 떠나 정신적 평화로움을 주는 일이기 때문이다.

어머니가 혼자 사신 지 10년이다. 나는 30년이 넘도록 혼자 살았다. 누군가와 한 공간에서 서로 배려하고, 챙겨주며, 한 식탁에서 매일 밥 먹는 일은 상상하기 어렵다. 어쩌다 손님이 와서 함께 차를 마시고 밥을 먹는 행위는 즐겁고 행복한 일이지만 매일은 어려운 것이다. 다만 조금 떨어져 있어도 무슨 일이 생겼을 때 서로를 챙겨주는 정도의 관심과 애정이면 지금의 나로서는 충분하다. 또 다른 혼자인 그 어떤 이에게 나도 그 정도의 존재로만 남고 싶다.

공존과 생존

혼자 살면서 김장을 한 지 12년이 되어간다. 혼자 김장해서 먹는다고 하면 모든 사람이 기겁한다. 사 먹으면 간편한데 그 힘든 걸 왜 하느냐는 반응이다. 김치 없이는 밥을 못 먹는다고 둘러댔다. 이런저런 설명이 귀찮았다. 그저 조용히 혼자 김장 의식을 치러내면 그뿐이었다.

사실 김장을 하게 된 것은 배추가 많아서였다. 보은에 살면서 마당 텃밭에 배추를 심었는데 너무 튼실하게 자랐다. 무도 통통하게 컸다. 이쯤 되면 김장을 안 하는 것이 더 이상했다. 다행히 전 주인이 뒷마당에 파놓은 김장독도 있었다. 마침 단체 부부가 아이를 데리고 놀러 왔다. 밤새 배추를 절여놓고 새벽에 두세 번 뒤집어 주었다. 아침에 일어나자마자 배추를 건져 물기를 뺐다. 배추소를 만들어 버무린 다음 김칫독에 묻어두었다. 나머지 남는 배추는 부부에게 모두 올려 보냈다. 필요할 때마다 김칫독에서 손을 호호 불어가며 꺼내먹는 김치는 기억의 맛이었다.

이제는 김장을 하면 어머니에게 가져다드린다. 이제 배추겉절이 하는 것도 힘들어하는 어머니는 진즉에 김장을 포기하고 사다 먹는다. 사 가지고 오는 것도 힘든 일이기에 온라인으로 주문해 드린다. 입맛에 맞으면 좋으련만 이번 김치는 젓갈이 많다, 저번 김치는 짜다 등 이런저런 군소리를 하신다. 어머니의 까다로운 입맛을 맞추지 못한 김치 때문에 매번 주문 버튼 누르는 걸 망설이게 된다. 오로지 작은언니가 해준 김장 김치만이 어머니의 입맛을 맞출 뿐이었다.

해마다 김장을 하는 일은 가족의 공존을 위해서다. 먹을거리가 부족했던 과거에는 김치만 넉넉하게 담아두면 이듬해 봄까지 온 가족이 먹을 수 있는 음식이었다. 혼자 사는 나로서는 공존보다는 1인 가구의 생존에 가깝다. 혼자 살면서 허투루 할 수 없는 일 중 하나가 먹는 일이다. 내 몸을 돌보는 첫걸음이기도 하다. 겨울 동안 내 육신이 살아남기 위한 몸부림이자 의식인 것이다.

올해도 어김없이 김장을 했다. 매번 하는 일이지만 해마다 맛이 다르니 참 알다가도 모를 일이다. 올해 김장

하는 날은 마음이 고단했다. 글을 쓸수록 더 외로워졌기 때문이다. 혼자였고, 혼자고, 혼자일 것이라는 감정이 나를 온통 지배했다. 어떤 욕망에 대한 그리움도, 미래에 대한 꿈도 생기지 않았다. 김장을 하는 나의 손은 천천히 움직였다. 김장이 마무리되었어도 수육 같은 것은 하지 않았다. 마치 예능프로그램에서나 보던 과시하기 위한 억지스러운 모습 같았기 때문이다. 그 대신 배추를 노릇하게 지져내 소주 한 잔을 마시며 하루의 피곤한 노동을 마무리했다. 그다음 주에 어머니에게 김장 김치를 가져다드렸다. 김치 한 쪽을 입에 넣으며 어머니가 말했다.

"싱겁네."

단지 오늘을 살아갈 뿐

인천에서 작업을 하면서 육십 대 중반 아저씨들과 이야기를 나눈 적이 있다. 그중 황씨 아저씨는 한국전쟁 당시 부모와 함께 강화도로 왔다가 인천에 정착해 살고 있는 사람이었다. 배운 것도 가진 것도 없었던 아저씨는 어릴 적부터 이런저런 일들을 전전하다, 양복 기술을 배워 자신의 양복점을 개업했다. 돈이 들어오던 시기였고 결혼도 했다. 하지만 양복점이 사양길로 접어들면서 부인은 집을 나갔다. 자식은 없었다. 그 뒤로 아저씨는 자신에게 맞는 적당한 일을 찾지 못했다. 배운 것이라고는 양복 기술뿐이어서 취업하기도 어려웠고 그렇다고 손님 없는 양복점을 정리하지도 못했다. 그러다 오십 대 중반이 되어 양복점이 있는 건물이 재개발로 철거되면서 어머니 집에 들어앉았다. 그런 아저씨를 보며 모친은 아침마다 등짝을 두드리며 나가서 뭐라도 하라고 내쫓았다. 갈 곳도 오라는 곳도 없으니, 아저씨는 빈 자전거만 하릴없이 끌고 다녔다.

가끔은 날일을 하는 운수 좋은 날이 생기기도 했다. 박스를 모아 고물상에 파는 일을 하는 모친과 함께 그럭저럭 먹고 살았다. 어느 날 구청에서 공공근로를 모집한다는 공고를 보고 서류를 작성했다. 비록 6개월이었지만 4대 보험도 가입되었다. 아저씨는 하회탈 같은 웃음을 지어 보이며 이렇게 말했다.

"오늘이 행복한 거야. 우리 같은 사람에게는 앞날이 없어."

법적으로 만65세 이상이면 노인이다. 예순 살이 넘으면 정말 쉬어야 하는 나이인지도 모른다. 그동안 쉼 없이 일했으니, 돈을 버는 일보다 나를 위해 살아가면서 쉬라고 말이다. 어쩌면 정년이라는 이름으로 쉼을 가장하는지도 모르겠다.

황씨 아저씨는 자신의 미래를 생각해 봤다고 했다. 그러나 소소하게 자연의 섭리처럼 다가오는 육체의 변화 외에는 아무것도 달라질 게 없을 것 같다고 했다. 자기는 자식도 없고, 단지 돈이 없다는 이유만으로 다가오는 삶을 두려워할 이유도 없어 보였다. 앞으로 살아가야 할 시간이 더 남았고 특별히 아픈 데도 없었다. 그럼에도 아직 오지 않은 병에 대해, 다가오지 않은 곤궁한 미래에 대해 준비하고 대비해야 하는지 확신이 서지 않는다고 했다. 인생이란 자신이 아무리 치밀하게 계획을 세우

더라도 아무 소용이 없다는 것을 일깨워 주기 위한 신의
조롱일지도 모른다는 생각이 들었다.

나 역시 그저 일을 찾아다닐 뿐이었다. 그리고 세상의
복잡함과 어지러움 속에 나를 숨겼다. 일이 끝난 후에는
관계의 피곤함과 삶의 남루함만이 남았다. 아무에게도
벗이 되어주지 못했고, 나이가 들어서도 누군가가 기댈
수 있는 언덕이 되지 못했다. 그저 사람들은 자신의 인
생을, 자기만의 몫으로 주어진 시간을 견디고 버티어 낼
뿐이었다. 다만 버티는 방식이 다를 뿐이었다. 영원으
로 이어질 것 같았던 순간도 그저 망각된 현실일 뿐이었
고, 내가 옳다고 믿었던 것들도 현실 앞에서는 무기력할
뿐이었다. 아직 다가오지 않은 미래의 슬픔보다 오늘의
안위와 평화로움을 기대하는 것이 지금의 현재로서는
최선일 따름이었다.

보은에 살면서 공공근로를 신청하기 위해 면사무소
를 찾아갔었다. 담당 공무원은 나를 위아래로 훑어봤
다. 재산이 있냐고 물었다. 없다고 했다. 결혼은 했는지

물었다. 안 했다고 했다. 공무원은 헛바람 빠지는 소리를 내며 피식 웃었다. 나는 안도의 숨을 내쉬었다. 아무것에도 걸릴 것 없는 나의 인생이 다행스러웠다.

퇴사 후 사람들을 만나니 대부분 첫마디가 이랬다.

"아직 여기 살아?"

일 때문에 왔으니 이제 그만 이 지역에서 퇴장하라는 뜻인지, 고향도 아닌 이곳에 왜 아직 사는지가 궁금한 것인지 정확하게 파악하기 어려웠다. 나는 그저 소심하게 답했다.

"갈 데가 없어서요."

눈을 뜨니 아침이고, 어딘가 갈 수 있는 곳이 있다는 사실만으로 만족하며 사는 것이 노년의 삶일 수도 있다는 생각이 들었다. 그러나 아직은 그러고 싶지 않았다. 내가 원한 것은 하나뿐이었다. 나의 이 힘겨운 젊음의 시간이 속히 흘러가 버리기를, 더 이상은 세상에 휘둘리지 않기를 말이다.

내 생각과 의지로 자유롭게, 얽매임 없이 움직이고 실천할 수 있는 이때가 현재임을 알고 있다. 그 현재가 지나서 나의 과거가 된다. 내게 남은 미래는 현재를 충실히 살아내서 과거를 생산해 내는 일이다. 단지 오늘을 살아갈 뿐이다.

3부
또 다른 혼자

혼자 살아가는 다른 이들의 삶이 궁금했다. 비슷한 고민과 생각으로 살아갈 수도 있지만 다른 생애를 지나왔으니, 생각도 분명 다를 것이다. 인터뷰이를 섭외하는 일은 어려웠다. 혼자 사는 사람들은 자신의 생활을 오픈하는 것을 다소 부끄러워했다. 그들의 이야기를 흔연하게 들으며 혼자 사느냐 둘이 사느냐가 중요한 것이 아니라, 주변인들과 어떻게 가치를 나누며 관계를 형성해 나가느냐가 더 중요하다는 것을 알게 되었다. 혼자 거주는 해도 절대 혼자 살 수 없는 것이 인간의 굴레다. 그래서 혼자라는 가족을 꾸린 사람들을 만나는 일은 든든한 동반자와의 만남 같았다.

그들의 신상에 대해 공개하지 않는다는 원칙으로 인터뷰를 진행했다. 하지만 그 지인들은 누구의 이야기라는 것을 금세 알아차릴지도 모른다. 인터뷰이에게 당부하고 싶은 것은 자신의 이야기가 남우세스럽다고 생각하지 않기를 바란다는 것이다. 우리는 저마다 혼자만의 삶을 부지런히 그리고 치열하게 살아내고 있을 뿐이니까.

떡볶이집을 하고 싶은 그녀의 속사정

그녀는 나보다 한 살 위다. 그녀에게는 내게 없는 것들이 있었다. 이를테면 타인을 안아주는 따뜻함, 확고한 자신만의 인생철학, 엄마처럼 느껴지는 푸근함 등이다. 화장기 없는 얼굴에, 자연스럽게 빗어 넘긴 단발머리, 후덕한 몸매가 내 생각을 더 부채질했는지도 모르겠다. 그녀에게서 받은 느낌은 삶의 궤적이 만들어 낸 태도 같은 것일 수도 있겠다는 생각이 들었다.

자신이 사는 공간에 누군가 들어오는 것이 싫다고 했던 그녀를 조르고 졸라 그녀 집을 방문했다. 17년 전에 독립해 네 번의 이사 끝에 일억이 조금 안 되는 돈으로 장만한 그녀 소유의 집이었다. 지금처럼 어려운 때 집을 샀다는 것만으로도 훌륭하다고 했다. '아버지가 남겨준 돈이 조금 있어 그걸로 마련한 거지 내 돈은 없어요. 내가 무슨 돈이 있겠어요'라는 말이 돌아왔다. 그래도 나는 진심으로 부러운 마음을 전했다.

그 지역에서만 다섯 번째 집이라고 했다. 앞서 세를 살던 집들은 누수와 곰팡이로 인해 불편했다고 했다. 네 곳의 집에서 모두 계약기간을 채우지 못했다. 그사이 전셋값은 오를 대로 올랐다. 자신만의 안온한 거처를 마련하고 싶었던 그녀는 적당한 매물이 나온 것을 확인하고 바로 계약서에 사인했다. 투자 가치로서가 아닌 그녀가 온전하고 쾌적하게 지낼 수 있는 주거지로서의 집이었다. 그녀에게는 첫 번째 자기 소유 집이자 마지막 집이 될 것이었다.

그녀는 싱크대를 교체하느라 집이 엉망인데 괜찮으냐고 몇 번을 물었다. 허락만 해준다면 그게 무슨 대수인가 싶었다. 주소지를 받고 그녀 집으로 가기 위해 거의 45도 정도 되는 언덕길을 올랐다. 종아리 근육이 조이는 느낌이 들었다. 중간중간 할머니들이 지팡이를 짚고 의자에 앉아 쉬고 있었다. 나도 그 옆에 앉고 싶은 마음을 꾹 참았다. 가쁜 숨을 몰아쉬며 그녀 집에 들어섰다. 싱크대는 채 비닐을 벗기지 못한 채 제자리에 안착되어 있었고, 기존 싱크대에 있었던 물건들이 거실에 잡다하게 쌓여 있었다. 그녀는 대충 한쪽으로 밀어 놓은 뒤 걸레질을 했다. 방 1개와 거실, 화장실이 있는 작고 아담한 빌라였다. 이사 온 지 5년이 되었다고 했는데 집안은 어수선해 보였다.

주말 그녀의 루틴은 그냥 드러누워 있기다. 웬만하

면 건드리지 않고, 움직이지도 않는 것이 생활 방식이었다. 하루 8시간 동안 꼼짝하지 않고 컴퓨터 앞에만 앉아 있을 수도 있고, 세탁은 일주일에 단 한 번만 하기 위해 양말도 같은 색으로만 열 켤레를 구비해 놓으며, 책은 어차피 잘 보지도 않고 먼지가 앉으면 청소해야 하니까 천으로 가려놓는 것이 그녀의 습관이었다. 그러니 살림살이가 여기저기 놓여 있는 것쯤은 문제가 되지 않았다. 하지만 가끔은 갑자기 올 수 있는 죽음을 대비하여 어질러진 물건을 치워 놓고 나가기도 한다. 혹시 오늘 무슨 일이 있어 죽게 되면 누가 자신의 물건을 정리하는 상황이 올까 봐 염려된다고 했다.

점심때가 되어가자, 그녀가 밥솥에 밥을 안쳤다. 강황가루와 서리태를 넣은 잡곡밥이었다. 시장에서 사 온 알배기 배추와 반찬가게에서 사 온 반찬, 마트에서 사 온 훈제오리가 그날의 메뉴였다. 딱 1인분 양만을 하기 어려워 남은 밥을 버리는 것이 가장 스트레스인 그녀는 출근하면서 종종 도시락을 싸간다. 간혹 유통기한 5년이 지난 부침가루가 불쑥 나오기도 한다. 온라인을 통해 한 달에 두 번 건강한 식재료를 공급받으며, 산 좋고 물

좋은 지방으로 시집간 언니가 이런저런 먹을거리와 제철 재료로 만든 음식을 보내주기도 한다.

거실 벽면에 그녀의 사진 한 장과 가족사진 한 장이 걸려 있었다. 가족사진 속의 그녀는 삼십 대 초반으로 보였다. 오래전이라 기억나지 않는다고 했다. 사진이 너무 작아 자세히 보기는 어려웠지만 제주도 가족여행에서 그녀의 얼굴은 편안해 보였고 몸도 지금보다 훨씬 호리호리했다. 이제 그녀에게 가족은 어머니 혼자 남았다. 형제들은 모두 결혼해 따로 가족을 꾸리고 있으니 남은 어머니를 책임지는 일은 당연히 자신의 몫이라고 생각했다. 매주 주말 드러누워 있기를 빼고 그녀가 유일하게 하는 일은 어머니에게 다녀오는 것이다. 아버지가 작고하고 어머니는 1년 동안 외출을 하지 않았다. 남편 없는 여자라는 시선이 어머니를 집에만 있게 했다. 물론 지금은 아침 먹고 운동가고, 점심 먹고 복지관 가고, 저녁 먹고 의료기 체험장을 가는 어머니만의 루틴이 무한 반복되고 있다.

그녀 아버지는 집에서는 무심한 가장이었지만 사회

생활에서는 호인이었다. 사업을 하면서 여러 번 빚보증을 섰고, 집안은 풍비박산이 났다. 거주하고 있던 집에서 쫓겨나던 당일에서야 망했다는 사실을 알았다. 어머니도 그날 처음 남편의 상황을 알았다. 이부자리와 옷가지만 챙겨 나와서 거리에서 노숙을 했다. 결혼한 큰언니를 제외한 여섯 식구는 그 어려운 시기를 통과하면서 서로가 서로를 지켜주는 진정한 동지가 되었다. 지금도 막내 여동생은 매일 형제들과 어머니의 안부를 물어온다.

아버지를 오랫동안 원망하며 살았던 그녀는 아버지의 죽음을 앞두고 아버지도 자본주의의 희생양이라는 것을 깨달았다. 사기 친 사람이 나쁜 놈이지 빚보증 선 사람은 그저 착한 사람일 뿐이라는 것이 그녀의 생각이었다. 주말이 되면 아버지는 자식들을 오토바이에 태우고 남산 주변 드라이브를 시켜줬다. 그 기억을 회상하며 그녀는 아버지와 화해하고 편하게 보내드릴 수 있었다.

당시 일주일 동안 노숙 생활을 하다가 안면만 있던 이웃이 내어준 지하 창고로 거처를 옮겼다. 거실 겸 부엌이었던 한 공간에서 가족들과 먹고 자고, 형제들끼리 춤추고 노래하며 지냈다. 고등학교 졸업 후 그녀는 학교 선생으로부터 소개를 받아 한 회사에 들어갔다. 월급이 나오면 대부분 가족의 생활비로 들어갔다. 집과 회사는 걸어 다닐 수 있는 거리여서 그녀가 돈을 쓸 일은 많지 않았다. 10년을 그렇게 살다가 아버지가 다시 재기하자, 그녀는 잠시 쉬기로 했다. 여행도 다니고 방송통신대학교에 등록도 했다. 독서 모임을 하며 공부방과 인연을 맺어 청소년들과 만나는 일을 20년째 하고 있다. 그녀 본가에서는 10년 전까지만 해도 그녀가 자원봉사를 하면서 사는 것으로 알고 있다는 말도 귀띔해 줬다.

그녀 삶의 가치는 가난, 생명, 공동체다. 적어도 나의 생각에 경제적 가난만을 의미하지는 않을 것이다. 가난과 생명은 자신의 지분을 투자해 수익을 얻지 않으며, 누군가의 피로를 담보로 하는 경쟁 관계에 자신을 놓이게 하지 않고, 나와 내 주변의 모든 것들이 살아 숨 쉬고 활동할 수 있게 하는 힘이며, 타인과 자신에게 무해한 사람이 되어가는 일이기도 하다. 공동체는 사람과 사람의 관계가 축적되어 서로에게 의지가 되어주고 이 세상을 견디고 버티게 해 줄 근간이 되어준다. 20여 년을 한 지역에서 활동해 온 그녀에게 공동체는 단순히 모여 사

는 것만을 의미하지 않는다. 혼자 사는 것이 제일 좋다
는 그녀가 모여 사는 일을 반길 일도 만무하다. 다만 그
들과 함께 그 의미를 나누는 일, 자신의 온 마음을 다해
관계를 유지하는 일, 그것만으로도 충분한 일이 아니겠
는가.

    점심 식사 후 그녀는 설거지를 하지 않았다. 싱크대
에 그릇들을 쌓아두고 식탁에 다시 앉으며 커피를 내주
었다. 아픈 데는 없냐고 물었다. 몇 해 전 자궁근종이 생
겨 어머니가 울고불고 난리도 아니었다고 했다. 건강검
진을 받은 병원에서는 수술을 권유했다. 좀 큰 병원에서
재검을 받으니 수술할 정도는 아니니 걱정하지 말라는
답변을 들었다. 건강을 위해 숨쉬기 운동 말고 다른 운
동을 해야 한다는 생각은 들었다고 했다. 밥을 좋아하지
만 가끔은 밥해 먹는 일도 귀찮은데 하물며 운동이 좋을
리 없었다. 그래도 막내 여동생이 매일매일 안부를 물어
오니 최소한의 독거사는 예방할 수 있을 거라는 안심 아
닌 확신을 하고 있었다. 혼자 살면서 자신의 건강을 돌
보는 일이 가장 중요한 일임을 그녀도 분명 인지하고 있

었다. 식탁 위에는 지인이 사줬다는 영양제가 놓여 있었다. 가끔은 영양제가 있다는 사실을 잊고 지내기도 한다. 이번에 싱크대를 교체하지 않았다면 서랍장에 고이 보관되어 있었을 것이다. 그런 그녀의 소원은 자기 몸에 수술 흉터를 남기지 않고 가는 거라고 덧붙였다. 그나저나 내가 가고 난 후 설거지는 했는지 모르겠다.

식탁 위 태블릿에서 잔잔한 음악이 흘러나왔다. 부엌과 거실을 천천히 오가는 그녀의 삶에 배경 음악이 되어 주는 듯했다. 결혼 생각은 원래 없었는지 조금은 뻔한 질문을 했다. 그녀는 결혼 후엔 여성의 삶이 사라지는 것 같아 자신만의 삶을 먼저 살아보기로 했고, 지금도 여전히 하고 싶은 일이 있어서 결혼을 미루고 있는 상태라고 말했다. 절대 결혼을 하기 싫거나 못 한 것은 아니라고 첨언했다.

그녀는 자신이 꼭 결혼을 했으면 하느냐고 아버지에게 물어본 적이 있었다. 아버지는 그렇다고 했고, 그녀는 부모 소원 한번 들어주자 싶어서 맞선을 봤다. 만남으로 이어지지는 않았다. 그 뒤 맞선을 더 본 적이 있냐고 물었더니 '맞선은 한 번만 보는 거 아니냐'는 대답이 돌아왔다. 10년 뒤에 아버지는 암에 걸려 3개월밖에 남지 않았다는 진단을 받았다. 그녀가 아버지에게 다시 묻자, '네 마음대로, 하고 싶은 대로 살라'는 답이 돌아왔다. 다행이라 생각했다. 그녀는 어머니로 살아갈 자신이 없었다. 어머니의 그 위대함을 자신은 절대 흉내 낼 수 없을 거라고 수줍게 말했다.

  몇 해 전 카페에서 만났을 때, 그녀가 나이 들면 동네에서 떡볶이 가게를 하고 싶다고 말했던 게 기억났다. 지금도 그러냐고 물었다. 그렇다고 했다. 누구나 한 번쯤은 어디 한적한 곳에서 카페나 했으면 하는 꿈을 가지기 마련이지 않냐며, 자신도 그랬노라고 했다. 공부방에서 만나는 청소년들은 딱 그 공간에서만 만나게 되고, 아무래도 규율적인 부분을 이야기할 수밖에 없다고 했다. 그런데 청소년들이 동네 만화방이나 PC방 등을 가면 주인에게 자신의 속마음을 털어놓기도 한다는 이야기를 들었다고 했다. 더 나이가 들면 자신이 운영하는 가게에 청소년들이 자유롭게 들어와 그들의 이야기를 털어놓고 가기를 바란다고 했다. 동네 아이들에게 기억과 쉼의 공간을 만드는 것이 그녀가 인생에서 하고 싶은 일이었다.

많고 많은 음식 중에 왜 떡볶이냐고 물었다. 제일 만만하게 접근하기 쉬운 음식이며 다른 복잡한 식기가 없어도 될 것 같기 때문이라고 했다. 그녀는 주말에 동네빈 상점을 임대해 1일 떡볶이집을 열어본 적이 있다고 했다. 그 공간에 주방 시설이 되어 있어 재료만 준비하면 됐다. 두 번 진행한 떡볶이집에서 그녀는 10접시를 판매했다. 계산기를 두드려 보니 1,000원이 남았다. 잠시 후 계란값을 넣지 않았다는 것을 알았다. 적자였다. 그래도 자신이 하고 싶은 일을 시도해 볼 수 있었다는 사실만으로도 그녀에게 위로가 되었다. 나도 한때 분식집에서 떡볶이 좀 만들어 봤다고 하자, 그녀의 눈이 동그래지면서 같이 하자고 했다. 늙어 할 일이 생겼으니 얼씨구나 좋다고 했다.

떡볶이집 외에 그녀가 혼자 살면서 가장 하고 싶은 일은 빈둥거리기다. 누가 자신을 먹여 살려주면 텔레비전이나 보며 하루 종일 뒹굴뒹굴해도 심심하지 않을 것 같다고 했다. 나도 마찬가지다. 누가 나를 먹여 살려 준다면 하루에 한 장씩 그림 그리고, 한 편의 글을 쓰면서 살고 싶다. 하지만 혼자 사는 사람들의 눈앞에 놓인 엄숙한 현실은 쌀 떨어지면 사야 하고, 기름이 없으면 주유소에 전화해야 하며, 휴대전화 요금과 각종 공과금을 지불해야 한다. 그저 현상 유지만을 위해서도 돈이 들어가는 세상이다.

그녀는 일터와 본가가 너무 멀어 독립했다. 지하철과 버스를 갈아타고 다니면서 옷에 보풀이 일어나는 것이 너무 싫었다. 혼자 살겠다고 하니 어머니는 아무런 반대 없이 그러라고 했다. 언니와 동생들이 살림살이를 사라며 돈도 보태주었다. 형제들에게 그녀는 미안한 존재였다. 10년 동안 가족을 위해 생활비를 벌어다 준 그녀가 좀 더 편하고 여유롭게 살기를 원했다. 그때 형제들이 보태준 돈은 살림살이를 샀는지 생활비로 썼는지는 잘 모르겠는데 아마도 어딘가에는 들어가 있을 거라고 그녀가 설명했다.

어느덧 기차를 타야 하는 시간이었다. 다시 먼 길을 가야 하는 나에게 그녀는 "감이라도 싸줄까요"라고 물었다. 나는 이미 배 속에 넣었으니 괜찮다고 했다. 다시 보자는 말을 남기고 집을 나서는데 현관문을 열고 그녀가 얼굴을 빼꼼히 내밀며 말했다.

"왼쪽으로 내려가면 좀 덜 힘들어요."

세수를 하지 않은 그녀 얼굴이 말개 보였다.

뜨거운 마음 말고 따뜻한 마음

지난가을 그녀는 혼자 제주도를 찾았다. 1박 2일 일정이었다. 밤에 도착해 새벽에 한라산에 올랐다. 강풍을 만나 산행은 힘들었고 예약한 비행기도 놓치고 말았다. 온몸으로 맞았던 강풍으로 인해 몸은 녹초가 되었다. 주말이라 빈방을 찾을 수 없었다. 돈을 조금 더 지불하고서야 겨우 한 호텔을 찾을 수 있었다. 호텔에 들어가자마자 기절하듯 잠에 들었다. 아침에 일어나니 그제야 호텔이 눈에 들어왔다. 바다가 보이는 근사한 테라스, 따뜻한 커피와 조식이 있었다. 돌아오는 비행기를 타기 전까지 그 공간에서 충분한 쉼을 누렸다. 로비에서 택시를 기다리는 짧은 시간, 창가로 비추는 햇살이 그녀 얼굴에 내리쬐었다. 순간 그녀는 그동안의 시름을 내려놓고 공간이 주는 위로를 느꼈다. 좀 더 나이가 들어 이런 공간을 운영하고 싶다는 생각에 사로잡혔다.

그녀가 거주하는 오피스텔에 가기 위해 나는 한 시간가량 운전해야 했다. 그녀와의 첫 만남은 그녀 사무실에서였다. 그날 회색빛 투피스 정장을 차려입었던 것과는 달리 그녀는 편한 옷차림으로 나를 맞으며 커피를 내주었다. 주말에만 이용한다는 오피스텔에서 그녀는 자신만을 위한 휴식과 공부를 하고 있었다. 오피스텔은 넓고 쾌적했다. 들어서자마자 큼지막한 책상이 눈에 들어왔다. 책들과 노트북이 놓여 있는 책상이 그녀 삶의 궤적을 보여주는 듯했다. 파티션 뒤에는 푹신한 소파와 작은 식탁이 놓여 있었다. 점심식사는 했냐고 물었더니 햇반에 카레를 넣어 먹었다고 했다.

도심에 자리한 이곳은 여자 혼자 살기에 최적의 공간이라 설명했다. 보안시설이 잘되어 있고, 자정까지도 여러 종류의 음식들이 배달되며, 인근 공원에는 산책로가 조성되어 있고, 모든 가전과 가구가 옵션으로 되어 있어 옷만 가지고 오면 되어 편하다고 했다. 아무래도 시골에서는 늦은 밤까지 불을 켜놓고 일하는 데는 눈치가 보였다. 시골에서 느껴지는 답답한 마음도 한몫했다. 그녀가 주중에 거주하는 아파트와 어머니 혼자 사는 집, 그리고 운영하는 상담소 모두 시골에 있었다. 물론 오피스텔도 상담소 운영에 필요한 공간이긴 했지만, 그녀만의 공간으로서의 의미가 더 커진 듯했다.

그녀의 고향은 시골이다. 도시 생활 20년을 정리하고

귀향했을 때 정작 그녀는 고향이 낯설었다. 생각하는 방식과 가치관, 문화적 관습이 너무 달랐다. 만약 고향이 아니었다면 서울로 다시 올라갔을 거라고 했다. 다시 내려와서도 주말이면 서울에 올라가 친구들과 놀고 문화생활도 마음껏 누리고 내려왔다. 지금은 일이 있을 때만 간다. 서울은 사람이 너무 많았다. 집도 구하기 어려울 만큼 집값도 폭등했다. 비록 고향에 돌아와 문화적 차이는 느꼈지만, 자신의 경제력만으로 충분히 아파트를 구해 생활할 수 있어서 그녀는 만족했다. 이제는 부러 서울을 찾지 않고 인근 도시에 공간을 마련해 그녀만의 휴식과 안락함을 누리고 있다.

그녀는 대학에 입학하던 스무 살에 상경해 혼자만의 삶을 시작했다. 처음 서울에 갔을 때만 해도 서울 사람들은 모두 부자인 줄 알았다고 했다. 확실히 돈의 가치가 달랐다. 지방에서는 가난하다고 생각해 본 적 없었던 그녀에게는 문화적 충격이었다. 명품 가방과 옷을 입고 다니는 학생이 있는가 하면, 찢어지게 가난한 학생도 있었다. 지방보다 더 큰 빈부 격차를 체감했다. 거주지도 그랬다. 지방에서 남부럽지 않다고는 해도 자식을 서

울로 유학 보내면서 번듯한 집을 마련해 줄 수 없는 것이
현실이다. 학교 앞에 위치한 단칸방은 그야말로 잠만 자
는 곳이었다. 공용 화장실을 사용했고, 밥은 모두 학생
식당에서 해결했었다. 고향에 가면 나름 번듯한 큰 집이
있었지만, 도시에 사는 동안엔 자신을 루저라고 생각해
왔다. 혼자 살면서 위험한 일도 많았다. 집으로 가는 골
목길에서 가방을 뺏기기도 하고, 한여름 거실에 누워 있
는데 스타킹을 뒤집어쓴 도둑이 들어와 돼지저금통을
들고 나가기도 했다. 한동안은 머리맡에 칼을 놓아두고
잤다. 그것이 자신을 지키는 방법이라 생각했다. 혼자
사는 그녀의 안전을 위해 주거의 조건은 중요했다.

　단칸방과 다세대주택이나 빌라 등의 지하 생활자에
서 벗어나기 위해 그녀는 대출을 받아 경기도에 전세 아
파트를 얻었다. 비록 소형이지만 자동차도 구입했다.
당시 그녀는 경기도 소재 대학원에서 사회복지를 공부
하며 서울의 한 NGO 단체에서 일하고 있었다. 그곳에
서 일하며 인생의 많은 것들을 배울 수 있었다. 100만 원
으로 살 수 있는 연습과 훈련을 했고, 자발적 가난을 체
험하는 시간도 경험했다. 자신이 가지고 있는 돈만으로

도 충분히 쓰면서 살 수 있었다. 단체에서 일한 7년 동안 단 한 번도 옷을 사 입은 기억이 없었다. 혼자 살면서도 전혀 외롭지 않았다. 외로울 틈이 없었다. 그때는 그런 모든 일들이 당연하다고 생각했고 100만 원으로 가치 있는 일을 했다고 생각했다. 단체에서 일하며 주말도 없이 새벽 1시까지 일하는 것은 기본이고, 김밥 한 줄로 하루를 버틴 적도 많았다. 새벽에 나와 새벽에 들어가니 서울 외곽 허름한 지하 연립에서 생활하는 것보다 자동차로 출퇴근하는 일이 더 효율적이었다.

그러던 그녀에게 사고가 일어났다. 세종문화회관에서 행사가 있는 날이었다. 과속으로 달리던 승용차가 그녀의 차를 들이박았다. 교통사고가 났지만, 행사장 가는 일이 더 급했다. 보험회사에 연락해 사고만 당장 수습하고 행사장으로 달려갔다. 다음 날부터 온몸이 아프기 시작했다. 누구와 상의할 사람도 없었다. 그저 상대방에게 합의금을 받고 한의원만 다니며 버텼다. 한 달이 지나자, 일을 하지 못할 지경이 되었다. 할 수 없이 직장에 사직서를 제출했다. 자신의 몸이 우선이었다. 중국에서 선교사로 일하고 있던 아는 동생이 중국에서의 휴식과 치료를 권유하자 고민 없이 중국으로 건너갔다. 중국 이곳저곳을 다니며 맛있는 것들을 먹고, 안마를 받았다. 2주 차가 되어가면서 몸이 회복되기 시작했다. 너무 일에만 매달린 자신을 자책했다. 한 달 동안 충분히 쉰 그녀는 다시 한국으로 돌아왔다. 이후 남은 공부를 마치고 한 복지재단에서 근무하다 고향에 돌아온 것이었다.

돌아온 지 4년째 되던 해 아버지가 작고했다. 어머니는 우울증에 걸려 밥을 넘기기도 힘들어했다. 시내에 아파트를 구해 살던 그녀는 아파트를 처분하고 어머니 집으로 합가했다. 적어도 한 명은 부모 옆에서 도와주는 자식이 있어야 한다고 생각했다. 서울에서는 오로지 나만의 발전과 개발을 위해 살았지만, 고향에 돌아오니 가족 관계가 부채처럼 남아 있었다.

그러나 막상 어머니와 함께 사는 일은 힘들었다. 어머니 기억 속에 자신은 십 대 시절 어린 소녀로만 남아 있었다. 자신은 이미 어른이 되었고, 인격적으로 성숙했지만, 어머니는 어른이 된 그녀에 대해서는 전혀 모르고 있었다. 도저히 어머니와 섞일 수 없었다. 어머니는 매

일 그녀를 나무랐다. '그 나이가 되어 살림을 할 줄 아는
게 하나도 없다'라거나 '과일 하나도 예쁘게 깎을 줄 모
른다'라고 했다. 그녀는 대들었다. '밖에서 일만 하고 공
부만 하던 사람인데 그렇게 말하면 남자들한테 살림 못
한다고 홍보하는 거와 같은 거야'라고 해도 어머니는 이내
잊어버렸다. 억울했다.

그녀에게 부모는 좋은 모델이 되어주지 못했다. 어
머니는 결혼하라고 종용했지만 그녀 눈에는 부모가 전
혀 행복해 보이지 않았다. 언젠가 부부싸움을 한 아버지
와 어머니가 그녀에게 결혼 안 할 거냐고 물은 적이 있었
다. '나보고 그렇게 싸우며 살라고?' 그녀는 통명스럽게
대꾸했다.

물론 연애를 하지 않은 것은 아니었다. 이십 대에 풋
풋한 첫사랑도 해봤다. 삼십 대에는 4초 만에 반한 사람
과 불같은 사랑도 했다. 지인의 소개로 만난 사람이었
다. 소개받은 날 약속 장소인 카페에 도착해서 계단을
올라가 그 사람을 처음 보는 순간 이 사람이다 싶었다.
외모와 말투까지 자신이 원하는 이상형에 딱 맞는 사람
이었다. 그 사람도 동시에 그것을 느꼈다고 했다. 매일

만났다. 그러다 보니 무역업을 하던 그와, 단체에서 일하던 그녀 모두 각자 일에 차질이 생길 정도였다. 사계절을 만나고 아쉬운 이별을 했다. 그때 불같은 사랑을 하지 않았더라면 좀 더 현실적으로 결혼에 대한 생각과 계획을 세웠을지도 모른다. 더 솔직히 말해 사랑과 결혼에 대한 간절함이 없었음을 지금은 인정한다. 자신이 너무나도 자기 주도적인 사람이었음을 그녀는 모르지 않았다.

그녀는 고향에 돌아와 장애인센터에서 근무를 시작했다. 센터에서 일하는 동안 지역에서 의식 있는 사람들과의 네트워크를 만들었다. 그동안의 성과를 바탕으로 상담소도 운영하며 지방의 한 대학에서 학생들을 가르치고 있다. 이 정도의 사회적 활동을 하다 보니 이제 결혼은 더 힘들어졌다는 주변 지인들의 말을 들으며 그녀는 박장대소했다. 그만큼 눈이 높아져 웬만한 남자는 눈에 들어오지 않을 거라는 의미였다.

그녀는 얼마 전 남동생을 하늘나라로 떠나보냈다. 아버지를 보냈을 때와는 다른 상실감이었다. 남동생과 그녀는 평소 말이 잘 통하는 친구 같은 사이였다. 남동생을 잃은 슬픔을 그 어디에서도 위로받을 수 없었던 그녀는 절망했다. 짝이 있는 다른 동생들은 그들에게서 위안을 받았다. 그 모습을 보며 이제야 비로소 서로를 챙겨주고 보살피는 파트너가 있으면 좋겠다는 생각이 들었다. 그런데 문제는 주변에 이제 남자가 없었다. 사십 대 초반만 해도 가뭄에 콩 나듯이 있었는데 지금은 눈 씻고 찾아봐도 없었다. 역시 모든 일에는 때가 있는 법이라고 생각했다.

지난주 코로나 확진을 받으며 그녀는 종일 아무것도 하지 못한 채 꼼짝없이 앓았다고 했다. 친구나 동료들로부터는 안부 문자가 왔지만 정작 가족들에게는 한 통의 전화나 문자도 없었다. 맏이인 그녀는 자신이 준 것만큼 가족들에게 받은 것은 없고, 받기만 하는 것을 가족들이 너무 당연하게 여기는 게 아닐까 생각하기도 했다.

가족은 그녀에게 연민의 대상이면서, 책임과 의무의 대상이었다. 부모님은 그녀가 초등학생 때부터 동생을 보살피고 책임지는 일은 장녀인 그녀의 몫임을 강조했었다. 그녀는 늘 스스로 자신이 해야 할 분량 이상을 책임지면서 결국 지치고 속상해했다. 휴식이 되어주는 가족을 꿈꿨지만, 현실에서의 가족은 자신을 머리부터 발끝까지 모두 평가의 대상으로만 여겼다. 연을 모질게 끊어내지 못한 채, 가족에 대한 책임감만으로 지난 시간을 버텨왔다. 그녀는 이제 가족과 적당한 거리를 유지해야 한다고 생각했다. 더 이상 사람들에게 에너지를 쏟고 싶지 않았다. 그저 서로 비슷한 사람들끼리 다독이며 살아가고 싶었다. 일중독과 공부중독에 빠졌던 그녀는 이제야 자신을 이해하고 돌보는 중이라고 덧붙였다.

그녀는 지금 혼자 천천히 살아가는 방법에 대해 알아가는 중이라고 했다. 문제를 해결하기보다는 잠시 멈추고, 나만이 아닌 주변을 돌아보는 삶을 살아가는 중이라고백했다. 도시에 살 때는 자신을 지키기 위해 치열하게 살았고 더 강해져야 한다고 생각했다. 이제는 좀 덜 열정적으로, 자신의 에너지를 조금 덜 쓰는 방법으로, 뜨거운 마음이 아니라 따뜻한 마음으로 살아야겠다고 말이다.

인사를 나누고 오피스텔을 나서려는데 그녀가 다음

에는 밥을 먹자고 했다. 나는 밥 한번 먹자는 말을 그다
지 좋아하지 않았지만 왠지 그녀의 말은 믿고 싶어졌
다. 그리고 우리는 열흘 뒤에 식당에 마주 앉아 식사를
했다.

열흘 전 코로나로 핼쑥했던 그녀의 얼굴이 조금은 더
밝고 환해져 있었다.

아직은 혼자

약속 시간에 맞춰 사무실에 도착했다. 오트밀 색상의 패딩과 회색 추리닝을 입은 그가 모니터 사이로 얼굴을 내밀며 잠깐 기다려 달라고 말했다. 손님용 테이블에 앉아 사무실을 둘러봤다. 사무실은 두 개의 공간으로 분리되어 있었다. 칸막이 너머에는 다른 이가 업무를 보는 공유 사무실이었다. 그가 앉아 있는 사무 공간 좌측으로는 책장이, 더 안쪽으로 들어가면 커피 등의 음료를 만들어 먹을 수 있는 작은 테이블이 있었다. 그는 종종걸음으로 테이블로 가서 따뜻한 커피를 만들어 와 내 앞에 두었다. 그의 얼굴은 말갛고 깔끔했다. 마스크를 쓰고 있을 때는 보지 못했던 모습이었다.

'생각직'에 근무한다는 그는 내가 만난 인터뷰이 중 가장 젊은 삼십 대 청년이었다. 아는 형이 그에게 '요즘 뭐하냐?' 하고 묻자, 그는 '아침에 일어나서 준비하고 형네 와서 커피 마시다가 집에 가서 쉬고 그러지'라고 답했다. 그러자 '팔자 좋네, 다른 사람은 아득바득 사는데 너는 안 그런다'는 답이 돌아왔고, 그는 이렇게 말했다. '나 바쁜데, 생각하느라.' 기획과 홍보 일을 하는 그는 이를 '생각직'이라고 했다. 기획 의뢰가 들어오면 클라이언트의 요구에 맞게 행사 전반을 디자인하고 홍보를 어떻게 할지 생각하는 것이 자신의 일이라고 설명했다.

지방 출신인 그는 역시 지방에 소재한 대학에 입학하면서 독립했다. 원룸에서 시작해 투룸을 거쳐 지금은 다시 원룸에서 생활하고 있다. 그가 거주하는 원룸은 그야말로 미니멀리즘의 극한을 보여주는 공간이었다. 기본적으로 제공되는 냉장고, 세탁기, 붙박이장 외에 별다른 물건은 없었다. 그나마 그가 구입한 것은 하늘색 전자레인지와 커피포트, 매트리스 정도가 전부다. 수납용 박스 9개에 옷을 가지런하게 접어 보관하고, 매트리스 옆 박스 위에 각종 충전기와 책이 있다. 그나마 얼마 전 아는 형에게 테이블과 의자 2개를 얻어와 밥 먹는 용도로 사용하고 있다. 처음 독립해 자취를 시작할 때도 짐은 거의 없었다. 무언가 쌓아두고 사는 걸 싫어하는 그는 정기적으로 짐을 버린다. 어차피 안 입고 사용하지 않는 물건들인데 버릴 때 힘만 더 든다. 주말이나 명절에 본가에 가면서 한 번 버리고, 이사하면서 더 버리니 이제는 정기적으로 버리는 일이 습관이 되었다. 더구나 계약기간을 따라 자주 이사를 하다 보니 이삿짐도 자동차 하나면 충분하게 되었다.

그는 얼마 전 대형 프로젝트를 마무리하고 잠깐 쉬고 있다고 했다. 프리랜서로 기획·홍보 일을 하다 보니 프로젝트가 진행되는 동안에는 밤낮없이 주말까지 일하게 된다. 프로젝트가 마무리되면 그제야 휴식을 취한다. 다음 일을 도모하면서 집돌이로 지낸다. 최근 구입한 매트리스 커버가 너무 마음에 들어 거의 대부분 침대 위에서 지낸다. 아이패드로 보고 싶은 영상과 자료를 검색해 시청하고, 가끔 매트리스 끝에 걸터앉아 게임을 즐긴다. 게임 역시 그가 말한 '생각직'에 도움을 얻기 위해서라고 그는 힘주어 말했다.

독립한 지 벌써 10년이 되어가니 이제는 본가에 가는 것이 조금은 불편한 일이 되었다. 본가에 이미 그의 공간은 없지만 최소한의 생활용품 몇 개는 남겨두었다. 하지만 자신이 원하는 위치에 필요한 것들이 있어야 하는데, 부모님이 쫓아다니며 치워버린다. 머리맡에 충전기를 두면 전자파가 나와 좋지 않다며 치우고, 물을 놓아두면 엎질러진다며 어느새 식탁 위로 이동해 있다. 동네 친구들과 만나 놀고 있으면, 언제 들어오냐고 전화를 한다. 조금은 짜증이 나기도 하지만 그렇다고 화를 내지는 않는다. 그러려니 하며 서둘러 귀가한다. 단지 가족들과 떨어져 지내는 게 점점 더 편해진다고 깨달을 뿐이다.

대학에서 방송영화영상을 전공한 그는 공연기획을 복수 전공했다. 대학 재학 중 1년에 6개씩 공연기획을 하다가 행사기획에 흥미를 느꼈다. 영상에 대한 자질이 없음을 빨리 인정하고 기획·홍보로 자리 잡기로 했다. 졸업 후 스물일곱 살이 되던 해 서울로 갔다. 지방 출신인 그는 서울의 문화를 보고 배우는 일이 필요하다고 생각했다. 이벤트 대행사에서 일하면서 원룸을 구해 생활했다. 퇴근 후 깜깜한 골목길을 지나 아무도 없는 집에 도착하면 조금은 외로움을 느끼기도 했다. 학교 앞에서 자취하던 때와는 다른 느낌이었다. 낯선 도시 생활이 시작되면서 경제적 독립도 해야 했고, 온전히 자신만의 것을 만드는 성인의 시간이 시작됨에 대한 두려움이었다. 아는 사람 없는 낯선 곳에서 자신은 무엇을 하고 있는지, 어디로 가는 것인지 확신이 없었다. 돌파구를 찾기 위해 많이 돌아다녔다. 핫플레이스라 부르는 곳을 찾아 다니고, 공연과 전시를 관람했다. 지방에서 느끼지 못한 문화적 욕구를 충족시켰다. 그렇게 다니면서 그에게 꿈이 자라났다. 자신만의 공간을 만들어 모두가 그 공간에 와서 업무도 보고, 놀 수 있고, 건설적인 대화를 나누는 아지트를 만들고 싶다는 생각이 그것이다.

이제는 지방에서 '생각직'으로 자리를 잡은 그는 아직도 정기적으로 서울에 간다고 한다. 작업에 대한 영감을 받으러 가기도 하지만, 미용실에 가야 하기 때문이라고 스스로 합리화했다. 주말 동안 서울에 가서 충분히 보고, 느끼며 즐기고 온다. 서울에 있는 친구들과 밤을 새워 놀기도 한다. 아직은 혼자가 편한 그와 서울 친구들은 결혼 생각이 없다. 집 마련에 대한 부담도 있고, 경제적인 이유로 아직 결혼 생각을 하지 않는다. 더구나 서울에서는 그 누구도 결혼하라고 압박하지 않는다. 반면 지방에 돌아가면 주변에서 결혼을 종용한다. 상대적으로 저렴한 집값과 그 지역에서 오랫동안 뿌리내린 선친의 배려가 있기 때문이다. 가급적 빨리 결혼해 안정된 생활을 하고 싶다는 것이 지방 친구들의 결혼에 대한 생각이다. 지방이 본가인 그는 아직 보류 중이다.

학창 시절 만났던 여자친구와도 서울에 가면서 자연스럽게 헤어졌다. 그는 이를 두고 서로 공간의 온도가 달랐던 것이라 말했다. 공간적 거리감이 심리적 거리감으로 이어졌다. 아직은 자신이 하고 싶은 일을 좀 더 조직적으로 확장해 가는 것이 급선무이기에 부러 감정소비를 하면서 연애를 하고 싶지 않다는 것이 그의 솔직한 마음이었다. 공간에 대한 애착이 많은 그에게는 오히려 서울 친구들과 거주할 공간을 마련해 재미있는 일을 하며 사는 것이 목표 중 하나다. 아직은 혼자가 편하고, 아직은 돈에 크게 얽매이지 않으며, 아직은 자신이 하고 싶은 일에 골몰하는 것이 좋은 청년인 것이다.

처음 혼자 살면서는 혼자 모든 것을 해결해야 한다는 심리적 부담감이 있었다. 지금은 집에 누군가 와서 질서를 어지럽히는 것이 싫고, 함께 술을 마시는 일도 달갑지 않다. 한 번은 아는 형과 함께 산 적이 있었다. 가급적이면 누군가와 룸메이트를 만드는 일을 선호하지 않지만, 그 형과는 잘 맞는 편이었다. 서로의 일상을 간섭하지 않았기 때문이다. 저녁에 외출에서 돌아오면 '왔어?' 라고 말하는 것이 대화의 전부다. 관리비를 칼같이 이분 해 내고 나면 형과 더 이상 함께할 일은 없었다. 지금도 그 형과는 가끔 안부를 전하며 밥 먹는 사이로 남았다.

무계획이 성향인 그이지만 일에서만큼은 철두철미했다. 행사 기획과 홍보를 하다 보니 모르는 것투성이였다. 배관, 조명, 인테리어 등 하나부터 열까지 스스로 공부해야 했고, 여러 방면의 사람들을 두루두루 만나야 했다. 하루에 30명이 넘는 사람들을 만나기도 했다.

그 역시 처음에 한동안은 경제적으로나 심리적으로 불안했다고 한다. 프로젝트가 매번 있는 것도 아니고 자신의 커리어가 아직은 부족하다 싶었다. 자신이 무엇을 얼마나 어떻게 해야 할까 하는 생각에 불안했다. 복싱을 하면서 마인드컨트롤을 했다. 정작 복싱은 상대방이 있어야 하지만 준비운동은 혼자 한다. 혼자 하니 눈치 볼 필요도 없고 운동에만 열중하며 스스로를 다독였다. 그러다 아는 선배의 지방선거 홍보 일을 해 주면서 심리적 안정감이 찾아왔다. 인맥도 형성되었다. 자신보다 나이가 많은 사람과도 충분하게 대화할 수 있는 수준이 되었다. 그리고 선거 후 대형 프로젝트 제의가 들어온 것이었다. 그는 이제 스스로 해나갈 수 있다는 자신감이 조금 생겼다고 한다.

그의 집을 나오니 도로가 꽁꽁 얼어붙어 있었다. 그가 거주하는 동네는 상가와 원룸뿐이지만, 혼자 사는 이들에게는 천국 같은 곳이다. 걸어서 5분이면 식당이 즐비하고, 언제라도 배달이 가능하다. 100미터 간격으로 편의점이 있으니 불편할 일이 없다.

그럼에도 나는 이런 동네가 불편하다. 나에게 동네란 이웃이 있고, 가깝게 시장과 병원이 있으며, 가끔은 시끌벅적 싸우는 소리가 들리기도 하는 그런 곳이다. 아무래도 나이가 들어가는 모양이다.

그녀만의 속도와 시간

그녀를 처음 만난 지 어느덧 18년이 되었다. 당시 나는 인천의 한 단체와 일하고 있었다. 사무실 문을 열고 그녀가 들어왔다. 150센티미터의 작은 키에 동그란 얼굴과 뿔테 안경, 긴 생머리를 질끈 묶은 꽁지머리를 팔랑거리며 폴짝폴짝 계단을 뛰어 올라왔다. 뒷모습만 보면 영락없는 고등학생이었다. 그녀의 가족은 모두 단신이다. 그래서 가족사진을 찍을 때 웬만해서는 일어나 찍는 법이 없고, 고기 한 근을 사면 네 가족이 먹고도 남으며, 커피 한 잔을 사서 마시면 양이 너무 많다며 나눠 마신다. 그에 비해 목소리는 하이 톤이다. 밝고 명랑한 목소리로 두 눈을 동그랗게 뜨고 상대를 빤히 쳐다보며 이야기하며, 가끔은 얼굴을 찡그리기도 하고, 손바닥을 마주치며 박장대소를 하기도 한다. 어디로 튈지 모르는 한 마리 다람쥐 같았다.

단체와의 프로그램이 끝난 뒤에도 나는 그녀와 종종 연락을 주고받았다. 대부분은 그녀가 먼저 연락했다. 한동안 연락이 되지 않으면 그녀는 여행을 갔었다. 6개월 동안 네팔, 몽골, 티베트, 중국, 인도 여행을 갔고, 3년 6개월간의 남미 여행을 끝으로 혼자 가는 여행은 다시는 가고 싶지 않다고 했다. 누군가와 함께 다니기는 했지만, 혼자라는 마음이 그녀를 외롭게 했다. 남미에서 한국인을 만나도, 외국인과 각별하게 지내도 소통의 한계로 관계는 더 진척되지 않았다. 그렇다고 한국으로 돌아와 마땅하게 할 일도 없었다. 누군가 기다리는 사람도 없었다. 굳이 한국에 돌아갈 이유도, 남미에 남아야 할 이유도 없었다. 하지만 결국 그녀는 천천히 짐을 꾸리고 돌아왔다.

그녀가 사는 집은 다세대주택과 빌라들이 밀집해 있는 골목길 안쪽에 있었다. 한국을 떠나 있는 동안 주택 가격은 예상보다 훨씬 상승했다. 수중에는 삼십만 원이 전부였다. 한 달 정도 아는 후배 집에 기거하며 앞으로의 일을 도모했다. 후배 집에 오래 머무르기는 눈치가 보였고 본가로 들어가기는 그녀가 싫었다. 아르바이트를 하며 고시원에서 6개월을 지냈다. 물류센터 아르바이트를 하며 수당을 더 받을 수 있는 야간 근무를 자청했다. 고시원에서는 그야말로 잠만 잤다. 어디를 둘러봐도 바퀴벌레가 기어 다니던 고시원을 떠나 편안한 보금

자리를 마련하고 싶었다. 보증금이 어느 정도 모이고 직장이 결정되면서 전세보증금 대출을 받아 지금 집을 구했다.

　방 2개와 거실 겸 부엌, 화장실이 있는 다세대주택이었다. 그녀 집은 그녀 집다웠다. 남미에서 수집한 이국적 풍경의 사진들이 거실 벽면을 채우고 있고, 큰방에는 어릴 적부터 모아온 만화책과 인문학, 소설 등이 책장 6개에 빼곡하며, 초등학교 때 사용하던 스케치북과 앨범까지 있었다. 작은 방은 옷을 보관하면서 동시에 침실로 사용했다. 음악을 좋아하는 그녀에게 오디오 관련 제품은 생활필수품이다. 혼자 있거나 누구와 같이 있어도 거의 습관적으로 음악을 틀어놓는다. 이어폰이 없으면 바깥출입을 하지 않는다. 이어폰을 끼고 밤거리를 혼자 산책하는 시간을 가장 좋아한다. 가로등이 반짝이고 아무도 다니지 않는 도시의 밤길에서 그녀는 음악과 함께 혼자만의 시간이 주는 여유와 안정을 즐긴다.

　그녀는 일곱 살 때부터 적당한 나이가 되면 혼자 살기를 다짐했다고 한다. 기억은 가물거리지만, 어머니한테 부당하게 혼이 났다는 이유였다. 중학생이 되어 집을 나가겠다고 하자 어머니로부터 등짝 스매싱이 날라 왔다. 대학 졸업 후 청소년 단체에서 인턴으로 근무를 시작하며 기다렸던 독립을 했다. 부모님은 반대했지만, 결국 부모님에게 보증금 천만 원을 받아 월세방을 구했다.

그녀 방은 같이 일하던 단체 동료들로 매일 바글거렸다. 하루가 멀다 하고 함께 술을 마셨던 동료들은 아무 거리낌 없이 그녀의 방에서 잠을 자고 갔다. 당시 그녀의 소원은 일주일 중 단 하루라도 혼자 있는 것이었다. 지금은 오라고 해도 올 사람이 없다. 지인들도 이제 거의 결혼해 가정을 꾸리고 있기 때문이다.

그녀가 8년 동안 살았던 옥탑방에 간 적이 있었다. 고양이 사카를 키우고 살았던 그녀 집은 지금과는 딴판이었다. 모든 사물들이 자유롭게 흩어져 있었다. 냉장고에는 물과 술이 전부였고, 밥솥에는 말라붙은 밥알과 곰팡이가 눈에 띄었다. 그녀가 '밥 먹을래요?'라고 물었지만 나는 배고프지 않다고 했다. 짜장 라면을 끓인 그녀는 몇 젓가락을 입에 넣더니 냄비를 한쪽으로 밀어 놓고 누워서 책을 보기 시작했다. 사카가 그녀 옆에서 그릉거리자, 한쪽 손으로 고양이를 쓰다듬으며 책을 봤다. 사카가 현관문을 끙끙거리자, 그녀가 문을 열어줬다. 사카가 순식간에 사라졌다. 저녁이면 현관문 앞에서 다시 끙끙거린다고 했다.

그녀는 옥탑방에서 다른 집으로 이사를 하면서 사카를 가방에 넣었다. 이삿짐을 정리한 뒤에 사카를 꺼냈다. 하루 종일 가방에서 끙끙거렸을 사카는 낯선 환경에 놀라 그대로 밖으로 뛰쳐나갔다. 그녀가 사카를 부르며 뒤를 쫓았지만, 사카는 그대로 영영 돌아오지 못했다.

그녀는 자신만의 네 번째 집으로 이사하며 집을 정리하고 가꾸는 일이 중요하다는 것을 알게 되었는데, 바로 나를 통해서였다고 했다. 책들을 책장에 정리하고, 소품을 서랍에 모아두며, 냉장고와 밥솥에 곰팡이가 자라지 않도록 관리하고, 옷과 이불, 커튼을 세탁해 잘 접어 서랍장에 보관하기. 이런 일들이 이뤄질 때 쾌적한 환경에서 살 수 있다는 것을 비로소 알게 되었다고 고백했다. 나도 그제야 커튼과 쿠션커버를 만들어 그녀에게 선물한 적이 있다는 사실이 떠올랐다. 내가 다른 이에게 선한 영향력을 끼쳤다는 사실에 고맙다고 말했다.

저녁에 술을 한잔하기로 했던 터였다. 안주는 배달을 시켰다. 그녀는 집에서 거의 밥을 해 먹지 않았다. 대부분 직장에서 해결하고 주말에도 여러 일정으로 바빴다. 어쩌다 한 끼 먹자고 각종 부재료를 사는 일은 쓰레기 처리만 어렵게 할 뿐이었다. 아침 식사는 빵 한 조각과 커피면 충분했다.

그런 그녀가 남미에서는 모든 끼니를 직접 했다고 한다. 손에 쥐고 간 돈이 적었기에 한인 게스트하우스에서 매니저로 근무하며 트레킹 비용을 벌었다. 돈이 모이면 여행 가고, 떨어지면 게스트하우스에서 일했다. 여행 온 한국인들에게 아는 레시피를 총동원해 조식을 만들어주었다. 부족한 식자재로 최대한 한식에 가까운 음식을 만드는 것은 일종의 도전이었다. 그래도 관광객들은 그 작은 음식에 감사해했다. 느끼한 음식만 먹다가 한식을 먹으니 살 것 같다고도 했다.

함께 밥을 먹는다는 일이 서로의 일상을 다독여 주는 일이라는 것을 알았지만, 정작 그녀는 혼자 밥 먹는 걸 좋아했다. 누구도 신경 쓰지 않고 그녀만의 속도와 양으로 자신의 시간을 즐기며 식사하는 일을 즐겼다. 그녀는 아플 때도 누가 옆에 있는 게 싫다고 했다. 아프다는 사실 하나에 집중해 끙끙대고 싶은데 옆에 누군가 있으면 신경 쓰인다고 했다. 혼자 살기에 가장 적합한 내면의 소유자였다.

안주 몇 점을 먹으며 소주잔을 기울이고 있는데 밖에서 쿵쿵 소리가 났다. 방음이 안 되는 다세대주택의 특징이었다. 앞집 부부 싸우는 소리가 고스란히 들린다고도 했다. 언젠가는 대낮에 윗집 아저씨가 술을 마시고 자기 집에 들어오려고 한 적도 있다고 했다. 그녀는 그 뒤로 밖에서 인기척이 들리면 나가지 않는다. 이 집에서 혼자 산다는 것도 가능한 숨기고 싶었다. 간혹 천장에서 움직이는 소리만 들려도 오싹한 기분이 든다. 이전엔 혼자 살면서 단 한 번도 무섭고 두렵다는 감정을 느껴본 적이 없었지만, 나이가 들어가는 탓으로 생각하기로 했다. 지나고 보니 사실 젊을 때는 두려울 것이 없었다. 무엇이든 할 수 있고, 실패해도 다시 하면 된다. 하지만 중년이 되니 더 많이 경험해서일까, 두려울 것이 많아졌다. 이러지도 저러지도 못하는 중년의 삶을 우리는 소주 한 잔으로 서로 위로했다.

그녀는 서른 초반에 아이를 가지고 싶었다고 했다. 몇 번의 연애를 했지만 결혼까지 이어지지 않았다. 반드시 결혼해야겠다는 생각도 없었다. 단지 아이라는 존재가 관계를 지속시켜 줄 것 같기는 했다. 그저 생각만 했을 뿐 현실로 이어지지는 않았다. 그녀는 집안에서 장녀다. 외가나 친가 쪽 모두 첫 손주였고, 딸이었고, 작고 귀여웠으며, 공부도 잘해 예쁨을 독차지했다. 어릴 적부터 사람들과 잘 지내고 자기 말과 행동을 책임지는 사람이 되어야 한다고 배웠다. 그러나 정작 가족에게만큼은 그러지 못했다. 그녀는 사춘기를 겪으면서 자신만의 고집과 까칠함으로 중무장한 채 방문을 쾅 닫고 들어가는 청소년이 되었다. 간섭받지 않는 시간과 공간이 필요하다고 생각했다. 그런 그녀를 두고 그녀의 여동생은 이렇게 말했다고 한다.

"언니는 집에서 갑 오브 갑이었어."

하지만 사회에서 만난 그녀는 타인에게 친절한 사람이었다. 타인에게는 예민하게 반응하고 대처했다.

그녀는 가족이라는 울타리 안에서 마음을 받아주는 누군가를 경험하지 못했다. 어머니도 자신의 이야기를 경청하거나 독려해 주지 않았다고 생각했다. 그래서 독립한 후에는 가족에 대해 관심도 가지지 않았고 연락도 자주 하지 않았다. 명절에도 웬만하면 가지 않았다. 하지만 이제 그녀는 이해하려고 한다. 최대한 가족들의 마음을 듣고 따르기 위해 노력하기로 했다. 오래 알고 있는 사람들에 대한 애정과 연민으로 가족과의 만남을 이어간다고 말했다. 이 모든 것이 나이가 들어서라고 그녀는 덧붙였다.

어느 정도 배가 부르자 내가 산책을 나가자고 했다. 골목길을 돌고 돌아 그녀와 발을 맞추며 밤길을 걸었다. 도시의 한적한 길에는 배달 오토바이만 끝없이 오고 갔다. 왼쪽으로는 숲이, 오른쪽으로는 동네 풍경이 눈에 들어왔다. 밤길을 걷는 일은 나도 오랜만이었다(시골에는 가로등이 도시에 비해 별로 없다. 벼가 자라기 위해 밤에는 최대한 빛이 차단되어야 하기 때문이다). 옆에 그녀가 있으니 든든한 마음도 들었다.

밤길을 걸어서였을까 적당한 취기 때문이었을까. 그녀는 요즘 자신에 대해 생각을 많이 한다고 고백했다. 남미 여행을 다녀온 후 처음으로 인생과 자신의 노년에 대한 불안함을 느낀다고 했다. 원만한 성격으로 잘해왔다고 생각했는데, 돌아보니 잘한 것이 없다는 생각이 들었다. 가진 기술도 없고, 힘든 상황이 오면 도망만 쳤던 게 아닌가 생각했다. 그녀는 내면적으로 강하고, 개방적이며, 편안한 사람이 되고 싶다고 했다. 그러나 노년을 대비하려고 해도 구체적으로 뭘 해야 하는지 알 수 없다고 했다. 현실에서는 그저 과거와 현재의 자신의 모습을 되돌아보고 살펴보는 것 외에 다른 방법은 생각나지 않았다.

눈을 뜨니 아침이었다. 커피로 공복을 깨웠다. 그녀는 아직 자고 있었기에 숨죽여 움직였다. 잠시 후 일어날 그녀를 생각하며 밥솥에 밥을 안쳤다. 워낙 적게 먹는 그녀라 오늘 먹을 분량만 했지만 결국 두 공기가 남았다. 한 공기는 그날 먹겠지만 다른 한 공기는 오랫동안 냉장고를 차지하고 있을 터였다. 전날 마트에서 사 온 두부에 계란 물을 입혀 부쳐내고, 배달 음식으로 먹고 남은 계란탕에 마늘과 함께 딸려 온 청양고추를 송송 썰어 전자레인지에 데웠다. 두부를 부쳤던 프라이팬에 역시 마트에서 공수해 온 햄을 지져냈다. 전형적인 자취인의 밥상이었다. 그래도 쌀이 있었다는 것에 감사하며 아침 식사를 했다.

식사 후 그녀가 내려주는 원두커피를 마시며 베란다에서 담배 한 모금을 깊게 빨았다. 맞은편 다세대주택 담장에 늘어지게 누워 있는 고양이 한 마리와 눈이 마주쳤다. 짧은 순간 사카가 생각났다.

4부
남아 있는 나날들

무엇이 되지 못해도 된다

무언가를 쓰고 그림을 그린다는 것은 고백의 다른 이름이다. 고백은 타인이 들어주지 않으면 혼잣말일 뿐이다.

15년 전, 나는 남들처럼 직장생활을 하지 않았다. 하지만 평일에는 늘 무언가 일을 했고, 바쁘게 움직였다. 나도 이 세상의 일원임을 증명하려는 듯이 부지런히 살았다. 직장생활을 하지 않는 내게도 휴일은 그야말로 쉬는 날이었다. 조금은 늦게 일어나고(그때만 해도 젊어서 그랬다), 12시에 맞춰 점심 식사를 하지 않았고(배가 고프면 그때가 밥때다), 밤에는 소주로 허전함을 달랬다(지금도 그런다).

그러다 문득 다른 사람들은 이 휴일을, 누구에게나 똑같이 주어진 시간을 어떻게 보내는지 궁금해졌다. 남들의 하루는 무엇으로 채워지고, 어떤 기분으로 살며, 어떤 삶의 무게를 버텨내는지 알고 싶었다. 그러다 『삶이보이는창』*에서 르포문학 교실 안내문이 눈에 들어왔

* 진보 생활 문예지.

다. 르포문학 교실의 서문은 대략 이랬다.

　새로움이란 무얼까, 생각합니다.

　변화된 사회적인 조건과 삶이 새로움으로 다가옵니다.

　이미지가 지배하는 사회에서 매스컴에서 보이는 이미지는 사람들이 소비하고자 하는 욕망입니다. 불행히도 그 이미지는 맥락이 없고 피상적인 알맹이 없는 것들입니다.

　어떤 사람들은 자신과 타인의 삶을 이미지로만 소비하고 버려버립니다.

　현실의 삶은 그대로 남고 그것을 견디는 사람들이 있습니다.

　그들과 함께하는 것이 새로움이라 생각합니다.

　사람들이 허망하게, 어리석게, 때로는 강제로 버린 것들은 다시 우리 곁으로 돌아올 것입니다. 인디언의 영혼처럼. 사람들이 경멸하는 것, 낡았다고 말해지는 것,

　그것이야말로 진정한 새로움이 아닐까 합니다. (후략)

　물론 르포작가가 되지는 못했다. 다만 이 서문처럼 이미지가 지배하는 사회에서 현실의 삶을 살아내는 사람

들의 진정한 모습을 알고 싶었다.

무언가 된다는 것. 그건 이 미친 세상에서 품을 수 있는 마지막 희망일 수도 있지만 지옥이 될 수도 있다. 얼마 전 종영한 드라마 「인간실격」의 첫 대사는 이렇다.

'난 아무것도 되지 못했어요.'

나도 아무것도 되지 못했다. 그렇다고 누군가에게 항의를 받거나 질타를 받지는 않는다. 나의 죽마고우는 무언가 되기를 바라는 삶을 진즉에 버렸다고 했다. 애초에 무언가가 되지 못할 것이라고, 자신은 늘 누군가에 맞춰 살아갈 것을 너무 일찍 알아버렸다고 말했다.

나는 늘 무언가 되고 싶었다. 작가든, 교사든, 무엇이든. 무엇이 되지 않아도 된다는 말은 나에 대한 위로의 문장이다. 고로 나는 이렇게 쓴다. 무언가 되지 못해도 어떠랴. 삶이 주는 멀미를 잘 버티고 견뎌내는 것만으로도 우리 삶은 짧기만 하다.

나는 나를 고백할 용기가 없었다. 아니 솔직하지 못했다. 나에게도 타인에게도. 번뇌로 점철된 날들, 모진 말조차 내뱉지 못해 끙끙댔던 비굴한 모습, 제대로 저질러

보지도 못하고 애면글면했던 기억들을 미사여구로 포장하고 싶지 않았다. 젊은 시절 대의라 생각했던 것은 자기 합리화였으며, 세상과 타협하지 않으려 했지만, 삶의 법칙을 따라가는 치졸한 삶의 모습만 남았을 뿐이었으니까.

'고백'이라는 단어에 지치기도 했다. 더 늦기 전에 나를 처연하게 바라볼 수 있어야 한다고 생각했다. 그리고 내 마음을, 내 인생을 들여다보기 위해 타인의 이야기에 귀를 기울였다. 작가로서가 아닌 나라는 사람으로서 말이다.

걷기라 쓰고 산책이라 부른다

지난겨울부터 걷기 운동을 시작했다. 동기는 단순했다. 나이가 들어가며 저질 체력이 되었다. 술 한 잔에 얼굴과 육체가 금세 들통나고, 퇴사 후엔 마음까지 옹졸해져 갔다. 무엇보다 고립된 생활을 돌파할 만한 무언가가 필요했다.

집에서 10분 정도 걸으면 공원이 있다. 생각보다 많은 사람들이 산책이나 걷기 운동을 하고 있었다. 처음에는 조금 어색하게 걸었다. 고백하자면 태어나서 지금까지 단 한 번도 운동을 한 적이 없다. 삼십 대 후반에 허리 수술을 한 후, 의사가 운동해야 한다고 해서 수영장에 다니며 수영은 안 하고 걸어 다니기만 한 적은 있다. 수영할 줄 몰랐기 때문이다. 학교에 다닐 때 철봉에 간신히 턱걸이를 할 만큼 운동 신경이라고는 눈곱만큼도 없는 나로서는 그거라도 하는 것이 다행이었다.

공원에는 늘 운동을 나오는 이들이 있다. 매일 오후 4시가 되면 혼자 운동하는 할머니가 보인다. 가끔 낯익은 쌍둥이 형제가 엄마를 따라 공원을 몇 바퀴씩 돌고 들어가기도 한다. 주말이 되면 산책 나온 커플의 모습도 심심찮게 볼 수 있다. 갓난아기를 데리고 나온 젊은 부부도 있고, 킥보드나 자전거를 타고 공원을 도는 아이들도 있다.

그날은 세상 모든 것을 말려 버리고 말겠다는 햇살의 단호함이 엿보이는 날이었다. 공원에는 사람들이 별로 없었다. 한낮 땡볕 정도는 아무것도 아니라는 듯, 한 무리의 아이들이 뛰어놀았다. 그러다 초등학교 3학년 정도 되어 보이는 한 소년이 수변에 서서 살펴보더니 목소리를 높였다.

"야, 잉어야. 엄청 커. 잠깐만, 내가 가서 잡아 올게."

소년은 물가로 겁 없이 뛰어갔다.

채 2분이 지났을까. 소년이 숨을 헐떡이며 다시 올라왔다. 소년의 얼굴은 땀으로 범벅이 되어 있었고, 빈손이었다. 아이들은 다시 난간에 기대어 저수지 물속 잉어의 움직임을 예의 주시했다. 소년의 얼굴은 부끄러움 때문인지 태양의 열기 때문인지 불그스레 달아올라 있었다. 소년의 '내가 잡아 올게'라는 말에 나는 '호기롭다'는 말이 생각났다.

이십 대 후반에 학습지를 만드는 출판사에서 아르바

이트를 한 적이 있다. 교정·교열을 보는 일이었는데 출판사 대표는 정해진 시간 외에도 내게 이런저런 일을 시켰다. 당연히 그에 대한 대가도 지불하지 않았다. 사장은 이를 당연시했고 막말도 내뱉었다. 겨우 이 정도밖에 못 하냐, 여자가 되어 꼼꼼하지 못하다 등의 말이었다. 나는 호기롭게 그만둘 용기가 없었다. 밥벌이라는 굴레에 나를 묶어두고 싶지 않았지만 결국 6개월을 버티지 못하고 출판사 문을 나섰다. 출판사 사장의 째려보는 눈이 내 뒤통수를 간지럽혔다.

짧은 직장생활이었지만 사직서를 내 손으로 쓴 경험은 두 번이다. 내가 싫어 내 발로 나온 것이지만 규정상 형식적으로는 사직서를 제출해야 한다. 사직서를 쓰고 내는 과정은 더럽고 징그러운 벌레를 만지는 것과 같았다. 기억만 해도 몸서리치게 된다. 내게 어떤 조직에 몸을 담고 일한다는 것은, 나의 진정성이 그 조직에 의해 파괴되는 과정을 경험하는 일이었다. 그래서 조직은 순응의 대상이 아니라 싸워야 할 대상, 환멸의 대상이 되었다.

나는 반복해서 걷고 산책하고 어슬렁거리며 그 '환멸'이라는 감정을 곱씹고 비워냈다. 가끔은 더 빠르게 앞만 바라보며 걸었다. 마스크 사이사이로 흥건하게 땀이 고였다. 거친 숨을 몰아쉬었다. 고개를 들었다. 무겁게 내려앉은 하늘은 꾸덕한 요거트를 떠먹는 기분이었다. 여리여리한 연초록의 빛깔을 품고 있는 나무를 올려다봤다. 바람이 불며 잔잔한 물결이 만들어진 저수지에는 잉어와 자라가 있었다. 단순한 호기심에 생각이 단순해지면서 내가 숨을 쉬고 있다는 것이 느껴졌다.

시라토리 하루히코가 쓴 『니체와 함께 산책을』*에 이런 문장이 나온다.

산책이란 니체에게 현실적인 구원이었다. 그 구원은 도시와 사람들, 번잡한 세상사에서 물리적으로 최대한 멀리 벗어나는 일이었다. 그리고 자연에 파묻혀 스스로 자연의 일부로 녹아드는 일이었다.

환멸을 덜어내기 위해 시작한 걷기가 내게도 현실적인 구원으로서의 산책이 되어갔다.

• 『니체와 함께 산책을』(시라토리 하루히코, 김윤경 옮김, 다산초당, 2021).

슬픔을 담아내는 방법

두루마리 휴지 두 칸을 뜯는다. 4B연필과 커터 칼을 꺼내 든다. 사각거리는 소리가 휴지에 까맣게 내려앉는다. 그림을 그리기 위한 나만의 의식이다. 내가 그림을 그리기 시작한 것은 자취를 시작하면서부터다. 통학 거리가 단축되면서 시간이 남아돌았다. 심심했던 나는 마음에 드는 사진을 골라 눈에 보이는 대로 그렸다. 손에 잡히는 필기용 연필과 종이만 있으면 그렸다. 자취방 벽면에 붙여둔 그림을 대학 동기들이 봤다. 어, 좀 하네, 라는 말에 덜컥 대학 내 그림동아리도 만들었다. 동아리명은 듣기에도 무시무시한 '터갈이'다. 터를 갈았는지는 아직도 잘 모르겠다.

사람들이 묻는다. 미대 나오셨어요? 아니다. 교육학을 전공했다. 하라는 교육은 안 하고 글을 쓰고 그림을 그리고 있다. 사람들을 만나 인터뷰하면서 글쓰기의 품성을 배웠고, 공공예술작업을 하면서 사람들의 이야기를 그림으로 담아내는 방법을 배웠다. 작고 보잘것없다고 생각되는 것들에서 보편적 가치를 발견하고 이를 표현하는 일은 거창한 이름의 예술이 아니다. 그저 자기고백을 스스럼없이 드러내는 일이다. 이러한 활동을 하며 나는 내 주변과 이웃, 세상을 보는 시야를 넓힐 수 있었다. 이미지로 소비되는 세상에서 나는 무엇을 선택하고 볼 것인가를 생각한다.

나는 글과 그림을 통해 허황되거나 이상을 꿈꾸는 게 아니다. 다만 지금의 현실을 인지하고 받아들이고 감내하려고 한다. 나에게 글쓰기는 단순히 말의 문자화가 아니라 사유의 체계를 만들어 줬다. 반면 그림은 미처 말하지 못한 것들을 드러나게 한다. 글쓰기가 나와의 대화의 시작이라면, 그림은 무엇을 볼 것인가에 대한 고민의 결과물이다. 서로 달라 보여도 동일한 지점으로 나아간다.

작가는 세상을 끊임없이 관찰하면서 자신에게 주어진 삶의 무게를 감내하는 사람이라고 생각한다. 그 결과물이 막연한 기대감의 표출이나 욕망의 분출일 수도 있다. 그래서 작가는 조금은 이상적이고 자기중심적일 수도, 세상이 알아주지 않는다고 투정을 부리는 사람인지도 모르겠다. 나는 작가로 불리기를 원하지 않는다. 무엇이 되려는 마음을 접었기 때문이다. 다만 내게 남아 있는 시간 동안 세상의 많은 것들을 나의 시선과 가치로

담아내는 기록노동자이자 작업자로 살고 싶다.

  며칠 전 꿈을 꾸었다. 종이비행기를 잔뜩 접었다. 빨 갛고 노란 색색의 종이비행기를 한 아름 안았다. 그리고 높은 언덕을 숨 가쁘게 올라갔다. 파란색 물감을 풀어놓 은 듯한 하늘에는 구름 한 점 없었다. 종이비행기를 품 에서 꺼내 하늘에 날려 보냈다. 하지만 날아가지 못했 다. 맥없이 땅으로 곤두박질칠 뿐이었다. 아무리 던져 도, 수없이 날려 보아도 종이비행기는 추락만 했다. 떨 어지는 종이비행기를 잡기 위해 허우적거리다가 잠에 서 깨어났다. 눈가에는 물기가 촉촉했다.
  그날 아침은 어지러운 마음을 뒤로하고 진한 커피로 아침을 깨웠다.

수용과 저항

나는 지금 어디에 있으며 어떻게 살고 싶은가에 대한 질문은 오랫동안 나를 괴롭혔다. 물론 아직도 그 답을 찾지 못했다. 이 얘기를 하면 사람들은 '몇 살인데 아직도?'라며 혀를 찰지도 모르겠다. 그러나 한 치 앞도 모르는 게 우리네 인생 아니던가. 정해진 규칙에 따라 사고하고 행동하는 일이 과연 늘 옳은지 자문해 본다. 아직도 나에게 세상과 인간은 의문투성이다.

대학 4학년 때 나는 자퇴했다. 그리고 자퇴한 지 14년 만에 재입학했다. 학교생활에 의미를 찾지 못해 그만뒀지만, 다시 공부가 하고 싶어졌다. 재입학을 하기 전 8년 동안 나는 애니메이션 작업을 하며 돈만 벌었었다. 정신은 피폐해졌고, 몸은 너덜너덜해졌다. 출구가 필요했다. 다시 돌아간 대학은 많이 달라져 있었다. 학생들은 모두 취업을 위한 공부에만 열을 올리고 있었다. 적어도 내 눈에는 그렇게 보였다. 내게는 취업이 졸업 후 반드시 바로 도달해야 할 목표로 보이지 않았다. 어차피 이 시대를 살아가는 우리 대부분은 죽을 때까지 노동하고 벌어야만 살 수 있는데, 부러 젊은 청춘을 직장에 얽매여 살 필요가 있나 싶었다. 직장이 노후의 경제적 안정을 지켜준다는 보장마저 희미한 세상이다. 내게 젊음은 세상의 공식에 저항할 명분이 충분한 단어였다.

8년 동안 스스로를 일 속에만 가둬두었던 나는 다시 처음으로 세상에 나온 아이처럼 모든 것이 두려웠다. 나는 나의 과거를 떠올려 보았다. 그러나 아무리 돌이켜보아도 그 기억은 선명하지 않았다. 연락이 끊겼던 동아리 후배들과 조우하고, 학교 선배들과 동기들을 수소문해 만났다. 그들의 기억 속에 나는 어떤 사람이었을까 궁금했다. 그리고 그들은 현재 무엇을 고민하며 살아가는지 알고 싶었다. 대부분은 결혼하고 안정된 주거 공간에서 그냥저냥 별 탈 없이 지내는 것처럼 보였다.

오랜만에 만난 한 선배는 내게 말했다.

"넌 혼자 사는 사람이지, 누구와 함께 살 사람은 아니잖아."

내가 모르는 나, 아니 알지만 모른 척하고 싶었던 나, 그러나 모든 사람들이 알고 있던 나를 일깨워 주는 말 같았다. 내가 한때 찾고자 했던 '나의 우리'를 찾는 여정은 그래서 그만두기로 했다. 나의 우리는 가족이 될 수도, 공동체가 될 수도, 흔히 말하는 인적 네트워크가 될 수도 있다. 나를 찾지도 못했는데 우리를 찾는다는 건 그저 외로움을 모면하고 싶은 이기심이라는 것을 깨달았다.

1997년에 개봉한 영화 「안토니아스 라인」은 모계 3세대 가족에 대한 이야기다. 중년의 여인 안토니아가 어머니 장례식에 참석하기 위해 고향에 돌아오는 것으로 영화는 시작한다. 사람들은 이 영화를 페미니즘 영화라거나, 공동체에 대한 대안을 제시한 영화라고도 평한다. 나는 이 영화에서 '안토니아'라는 한 개인과 가족에게 집중했다. 안토니아는 아이를 가지고 싶다는 딸 다니엘의 손을 잡고 좋은 남자 종자를 찾기 위해 도시에 가기도 하고, '바스'라는 남자의 '당신은 과부고, 나는 부인이 없고, 내 아들에게 엄마가 필요해'라는 청혼(?)을 '난 아들과 남편이 필요 없는데'라며 당차게 거부한다. 안토니아는 씨를 뿌리고, 딸 다니엘은 그림을 그리며, 손녀 테레스는 수학을 풀다가 노래를 작곡한다. 그 외에도 이들은 러시아 이방인, 비혼모, 신부복을 벗어 던지고 '난 이제 자유'를 외치며 아이를 낳아 양육하는 신부들과 관계를 형성한다.

이러한 모습은 우리가 절대적으로 믿고 있는 가족이라는 기준에서 벗어난 비정상 가족으로 보일 수도 있다. 그러나 나는 영화를 보는 내내 한 번도 그들을 이상하다고 생각하지 않았다. 오히려 관계의 낡은 관습에서 벗어난 그들의 모습에서 자유로움을 느꼈다. 어쩌면 나는 안토니아가 되고 싶었는지도 모르겠다.

재입학을 하면서 학교 근처에 방을 구해 다시 집을 나왔다. 스물두 살 처음 자취를 하던 때가 생각났다. 오랜 시간이 지났지만 그다지 별 차이는 없었다. 현관을 열고 들어가면 방과 싱크대가 있고, 우측에 작은 화장실이 있는 구조였다. 가끔은 동아리 후배들이 와 술잔을 기울이기도 했지만, 대부분은 나 혼자였다. 서울 본가로 들어간 지 꼭 8년 만에 나는 다시 혼자가 되었다.

그 집에서 살며 나는 사회가 정해놓은 규정과 나만의 질서를 방해하는 모든 것에 저항했다. 졸업 후 취업을 걱정하지 않았으며(이미 늦은 나이라 받아줄 만한 직장도 없었다), 늙어가는 부모를 남겨둔 채 나만을 생각했다

(내 독립의 정당한 이유를 대지 못한 채 자식 이기는 부모 없다는 말만 알량하게 믿었다).

　나는 단 한 번이라도 나를 진심으로 사랑해 본 적이 있었나 생각해 봤다. 항상 나를 싫어했고, 내 행동과 말을 후회했으며, 나 스스로를 비난했다. 지금껏 내 삶은 가슴 밑바닥에 자리한 사막에서 내 고통을, 두려움과 불안함을, 상실감과 열등감을 가만히 들여다보는 과정이었다. 그래서 어쩌면 내게 '수용'이라는 단어는 이 모든 감정을 기꺼이 받아들이는 일이었다. 그 수용이 내 남은 이후 삶에 대한 다른 이름의 저항이 될지는 아무도 모를 일이다.

　그로부터 다시 까마득한 세월이 흘렀다. 인생의 험난한 산을 잘 넘어왔다는 안도감을 느낄 새도 없이, 앞으로 다가올 미래에 대한 불안감이 가득하다. 나이를 먹어 가면 부푼 풍선처럼 마음도 커지고, 누군가에게 언덕 정도는 되어주며, 반짝반짝 빛나는 별이 되어야 한다고 생각했다. 하지만 현실은 별은커녕 어디도 밝히지 못하는 낮달이고, 비빌 언덕이 되어주기보다 어딘가 비빌 데를 찾고 있으며, 마음의 풍선은 이미 터져서 너덜너덜해졌다.

그래도 '나는 왜 아직 이 모양인가' 하는 자조적인 마음에 빠져 있지는 않다. 모두가 그렇듯 나도 열심히 살고 있다. 사실 그것 말고는 다른 방법이 없다. 그럼에도 아침에 일어나 베갯머리에 떨어진 머리카락 개수를 센다거나, 술을 마시기 위해 전화번호를 뒤져도 불러낼 사람이 없다면 내가 늙어가는 중이라고 생각했다. 그러나 그 늙어감이 불안하지는 않다. 오히려 복잡하지 않은 관계가 한적하고 안정감 있는 중년의 삶을 선사한다. 적어도 나에게는 그렇다는 말이다.

　살아간다는 것은 집안일을 하는 것과 비슷하다. 어질러지면 치우고, 쌓이면 버리고, 쓸고 닦아도 끝이 없고, 표시도 나지 않는다. 그래도 별도리가 없다. 힘들다고 내팽개치면 집 꼴이 엉망이 되니까. 그저 묵묵히 견디고 버티는 수밖에.

남아 있는 돌봄

그 겨울을 아직도 기억한다. 새벽 2시 47분, 병원에서 전화가 왔다. 나는 어머니에게 바로 전화를 하고, 대충 모자를 눌러쓰고 집을 나섰다. 인천에서 서울까지 가는 총알택시를 만 오천 원에 합의했다. 택시에서는 이상은의 「언젠가는」이 흘러나왔다.

아버지는 가쁜 숨을 몰아쉬고 있었다. 손을 잡으니 따뜻했다. 오히려 내 차가운 손이 체온을 떨어트리는 게 아닐까 걱정됐다. 아버지가 힘겹게 눈을 뜨더니 고개를 돌렸다. 눈곱이 붙어 있는 눈가는 촉촉했다. 1분도 채 되지 않아 아버지는 숨을 '헉' 하고 몰아쉬었다. 그러더니 꺼억, 꺼억 소리를 냈다. 산소 호흡기도 별 도움이 되지 않아 보였다. 그러기를 한 시간. 나는 아버지 손을 잡는 것 외에 달리 할 수 있는 일이 없었다. 빨리 이 고통에서 벗어나시기를 빌었다. 어쩌면 그때 아버지는 죽기 위해 무던히 노력하고 있었는지도 모르겠다. 죽고 싶다던 아버지의 간절한 말을 들은 지 여섯 달이 지난 때였다.

파킨슨병을 오래 앓아온 아버지는 평소 잠을 자지 못해 수면제를 처방받아 먹었다. 침실과 거실을 오가는 것이 하루 일과였던 아버지는 거실 의자에 앉아 꾸벅꾸벅 졸다가도 밤이 되면 잠을 자지 못했다. 어느 날 이부자리를 봐주러 들어갔다가 수면제를 먹으려는 아버지와 눈이 마주쳤다. 나는 아버지 손에서 수면제를 뺏었다. 수면제가 습관이 되어 오히려 잠을 자지 못할까 걱정됐다. 그리고 아버지의 간절한 눈빛을 외면했었다.

병이 심해지면서 응급실과 중환자실, 일반 병실을 오가던 아버지에게 의사는 콧줄을 꽂아야 한다고 했다. 지금 상황에서 밥을 먹으면 기도가 막힐 수 있다는 얘기였다. 나는 의사에게 물었다.

"선생님 부모가 만약 이런 상황이라면 선생님은 어떻게 하시겠어요?"

"저 역시 꽂을 겁니다. 어쩔 수 없잖아요?"

의사는 무표정하고 성의 없게 말했다. 나는 병실에 돌아와 아버지를 안고 말없이 울기만 했다. 그런 사실을 아는지 모르는지 아버지는 내 어깨를 토닥거렸다. 사흘뒤, 죽는 날까지 당신 드시고 싶은 거 드시게 하자는 어머니의 간절한 요청에 콧줄을 빼고 요양병원에 모셨다. 요양병원에 와 며칠은 밥을 넘겼지만 얼마 못 가 다시 콧

줄을 꽂아야 했다. 이후로 아버지는 단 한 번의 산책도, 말도, 움직임도 없이 고요히 누워만 있었다.

이제 와 생각해 보니 아버지는 죽고 싶다는 간절한 희망도 체념하고 포기해야 했던 것은 아닐까 싶다. 그리고 뒤늦게 알았다. 수면제 달라면 수면제 드리고, 밥 달라면 밥을 드리고, 진통제 달라면 진통제 드리는 것이 가족이 해야 할 일이라는 것을 말이다.

아버지의 장례식이 시작되고 제사상이 들어왔다. 병원에서 제공되는 밥상이었다. 죽어서야 밥상을 받을 수 있다는 사실에 오열했다. 장례 절차가 끝나고 가족과 친지들과 함께 식당에 갔다. 각자 주문을 하고 장례식을 치르는 동안 서로의 노고를 위로했다. 그때 이모가 '어머, 눈이 오네'라면서 '너희 아버지 잘 가셨나 보라' 하고 갈라지고 탁한 목소리로 말했다.

얼마 전 어머니 집에 갔다가 나서려던 참이었다. 나를 배웅하던 어머니는 현관 앞에서 이렇게 말했다.

"너희들이 나 요양원에 보낼까 봐 걱정돼."

그 순간 마음이 덜컥 내려앉았다.

어머니는 이제 혼자다. 나도 혼자다. 우리는 지금 가진 것도 없이 자신만을 지켜내기 위해 안간힘을 다하는 이 사회의 혼자 사는 노년이고 중년이다. 어머니도 버텨내고 있었던 것이다.

나 또한 노년의 삶을 맞게 될 것이다. 아마 지금과는 많이 달라질 것이다. 스스로를 돌보는 일이 힘겨워질지도 모른다. 더 많은 문제가 생기고, 더 많은 고민을 하며 살지도 모르겠다. 경제적인 문제라거나 건강상의 문제만은 아닐 것이다. 경제적인 부분은 지금까지 어떻게든 살아왔으니 늙어서도 무슨 수를 써서라도 먹고살 것이다. 물려줄 자식이 없으니 재산 걱정 같은 일로 애쓰지 않아도 된다. 육체적 늙음이야 자연의 법칙이니 어쩔 수 없다. 다만 저질 체력을 대비해 운동 정도는 해야겠지만.

하지만 더 중요하게 다가올 문제는 '어떤 것들로 하루의 일상을 채울 것인가', 그리고 '누군가와 여전히 어떤 관계를 맺으며 살아갈 것인가'이지 않을까 싶다. 이런 문제를 슬기롭게 해결하고 어떻게 하면 잘 늙어갈지, 그보다 어떻게 하면 천천히 잘 저물어 갈 것인지 고민해 볼 일이다. 지금도 이미 중요한 문제지만 말이다.

집으로 돌아오는 기차에서 창밖의 풍경을 한참 바라
봤다. 평소에 넓은 창으로 보던 풍경이 아닌, 객차 문과
좌석 뒤에 쭈그리고 앉아서 보는 풍경이었다. 표를 미리
예약하지 못해서 입석이었기 때문이다. 바닥에서 올려
다보는 풍경은 오히려 빠르게 흘러가지 않았다. 서 있는
사람들 틈에 조각난 파란 하늘이 눈에 들어왔다. 나는
지금 어디론가 빠르게 달려가고 있는 것 같기도 했고,
그 자리에 그대로 있는 것 같기도 했다.
속절없이 평온한 마음이었다.

혼자라는 가족

초판 1쇄 발행 2023년 7월 7일

지은이   김보리
편집   이노아
디자인   책장점
조판   한향림

펴낸곳   다람
펴낸이   박혜진
등록   2012년 6월 29일 제2012-000034호
주소   서울시 광진구 아차산로 378, 3층
전화   02-447-0879
팩스   02-6280-3748
이메일   darambooks@gmail.com
홈페이지 www.darambooks.com
인스타그램 @darambooks

ⓒ 김보리 2023
ISBN 979-11-979493-4-0 03810